LA MORT DE ROLAND

GW00690054

La mort de Roland

suivi de

La mort de Vivien

*Chanson de Roland, Chanson de Guillaume,
Chevalerie Vivien, Aliscans*
(extraits)

Présentation et notes de
Dominique Boutet
Professeur à l'Université d'Amiens

LE LIVRE DE POCHE

Ce volume a été préparé
sous la responsabilité de Michel Zink.

PRÉSENTATION

La chanson de geste est la forme épique par excellence du Moyen Âge français. Elle se singularise, dans l'histoire générale de l'épopée, par son triple caractère, guerrier, féodal et chrétien, d'où elle tire sa force esthétique en même temps que sa signification idéologique. Les hommes du Moyen Âge l'ont très vite comparée aux vies de saints, qui illustraient le versant pacifique de la même exemplarité chrétienne. Un texte célèbre de Jean de Grouchy, qui figure dans son traité sur la musique *(De musica)*, résume la fonction de cette littérature : « Nous appelons chanson de geste celle qui raconte les exploits des héros et les actions des anciens pères, comme la vie et le martyre des saints et les adversités que les hommes de jadis ont subies pour la foi et pour la vérité, par exemple la vie de saint Étienne, premier martyr, et l'histoire du roi Charles. Il faut faire entendre ce genre de chanson aux personnes âgées, aux travailleurs et aux gens de condition modeste [...], afin qu'en apprenant les misères et les calamités des autres, ils supportent plus facilement les leurs, et que chacun reprenne avec plus d'ardeur son propre ouvrage. Et par là ce chant sert à la conservation de la cité tout entière. » La célébration épique doit donc rassembler tout un peuple dans une sorte de communion, autour des valeurs fondatrices de la société. Au centre de celles-ci, il y a le sens du sacrifice. Les héros doivent être des exemples : mais l'orgueil, caractéristique des « âmes bien nées », de cette société aristocratique que l'on voit seule agir (ou presque) dans les chansons de geste, ne fait guère bon ménage avec ce sens de l'humilité que l'imitation du Christ devrait imposer à tout bon chrétien. On comprend, dans ces conditions, que le thème de la mort du héros joue un rôle capital dans la recherche de l'exemplarité : il est au carrefour de l'axe terrestre et de l'axe céleste.

Ce thème, cependant, est loin d'être le plus répandu : on ne le rencontre guère que dans les chansons les plus anciennes, celles dont la version première remonte à coup sûr à la fin du XIe siècle : *Chanson de Roland, Chanson de Guillaume, Gormont et Isembart, Raoul de Cambrai.* Dans les œuvres postérieures, lorsqu'elles ne sont pas des remaniements de celles-ci, ce sont les ennemis et les traîtres qui meurent, mais non le héros : ces œuvres explorent les déséquilibres de la société féodale, elles ne célèbrent plus l'enthousiasme héroïque, la volonté de sacrifice ou, au contraire, la démesure dans la révolte, que Dieu ne peut que briser. Isembart et Raoul de Cambrai illustrent ce second type, Roland et Vivien le premier : eux seuls sont des héros exemplaires. À côté de ces morts héroïques, la chanson de geste a su cependant ménager un autre type d'exemplarité : celle de la mort dans la paix d'un monastère, réservée à d'anciens guerriers farouches, marqués par une faute de démesure, et qui ont su se repentir à temps : Girart de Roussillon et Ogier le Danois atteignent ainsi à la sainteté ou s'en approchent. Quant à Renaut de Montauban, devenu par humilité et pénitence simple ouvrier sur le chantier de la cathédrale de Cologne, il meurt victime de la jalousie de ses nouveaux compagnons : son cadavre, jeté dans le Rhin, est soutenu à la surface du fleuve par un cortège de poissons, et reçoit les honneurs dus à un martyr.

La mort constitue l'arrière-fond de toute chanson de geste : elle est indissociable de ce que l'on peut appeler la « fête épique », et caractérise ce que Jean-Charles Payen s'était plu à baptiser, non sans quelque provocation, la « poétique du génocide joyeux » : une poétique de la guerre, avec ses sonneries de trompettes, le vacarme des armes et des chevaux, les cris et les huées, mais aussi avec le spectacle réjouissant des têtes tranchées, des pieds et des bras qui volent, des cervelles qui se répandent sur le sol. Les païens (les Sarrasins) sont dans leur tort, les chrétiens ont le droit pour eux, puisque leur cause est celle du seul vrai Dieu : le carnage est un plaisir, une réjouissance, parce qu'il met fin à un scandale qui est celui de l'exis-

tence du Mal, symbolisé par l'ennemi mécréant. La mort d'un
païen s'accompagne d'ailleurs souvent d'une remarque ironi-
que de celui qui vient de le tuer : ainsi s'exprime la vitalité du
héros et sa certitude d'être agréable à Dieu. En cette matière,
la chanson de geste ignore la souffrance.

La mort du héros positif, Roland, Olivier ou Vivien, est
d'une tout autre nature. Elle est le sens même de sa vie, son
couronnement. Grâce à elle, sa renommée se répandra parmi
les hommes, on ne chantera pas à son sujet de mauvaises chansons, et il obtiendra le paradis. Cette mort est, d'abord, l'expression d'une idéologie.

Mais les chansons de geste ne sont pas à ce point simplifica-
trices. Roland comme Vivien ne sont pas de simples illustra-
tions d'une doctrine. Les poètes ont pris soin de semer le doute
sur leur perfection héroïque : la recherche de l'héroïsme, et
peut-être d'une vaine gloire, les pousse à un moment donné au
bord de la démesure, cette faute d'orgueil qui peut conduire à
la damnation. Roland refuse de sonner du cor lorsqu'il en est
encore temps, Vivien fait un vœu qui l'accule à une mort cer-
taine. Dans quelle mesure cette faute entache-t-elle leur mort ?
Une dimension morale s'introduit ainsi dans une exemplarité
qui aurait pu être plus sèchement théologique.

Bien plus : ces héros sont des êtres de chair, qui appartien-
nent à un lignage et servent un souverain. Ce sont là des atta-
chements terrestres auxquels ils ne songent jamais à renoncer,
auxquels on ne leur demande nullement de renoncer. Une
dimension humaine vient ainsi tempérer, ou au contraire ren-
forcer, la dimension tragique dans laquelle le héros mourant
est seul face à lui-même et au divin. Les œuvres qui retracent
ces événements proposent des solutions littéraires différentes
et complémentaires.

Ces œuvres sont au nombre de quatre. La *Chanson de
Roland* d'abord, dès la fin du XIe siècle, dans laquelle le personnage de Vivien n'apparaît pas ; elle donnera naissance, vers
1200, à plusieurs remaniements dont aucun ne transformera en
profondeur les conditions de la mort du héros. Puis la *Chanson
de Guillaume*, dans la première moitié du XIIe siècle ; la genèse
de cette œuvre est très complexe : le texte en dialecte anglo-
normand que nous livre un unique manuscrit juxtapose deux
parties d'âge différent, mal conjointes au point que cette chan-

son offre deux versions successives de l'agonie et de la mort de Vivien ; dans la première, baptisée traditionnellement par la critique *G1*, Vivien meurt seul, dans des conditions atroces ; dans la seconde, *G2*, Guillaume retrouve son neveu sous un arbre, et lui permet de mourir en paix, chrétiennement, dans la douceur d'une affection et d'une émotion partagées. Cette chanson, ou plus exactement une version antérieure, a donné naisssance vers la fin du XIIe siècle à une autre œuvre, *Aliscans*, plus proche de *G2* que de *G1*, qui commence *in medias res*, en pleine bataille de l'Archant (ou des Aliscans), à un moment où Vivien est déjà très grièvement blessé et perd ses entrailles — sans que cela affecte sensiblement son énergie combative. Quelques années plus tard, la *Chevalerie Vivien* a été écrite pour rapporter les premiers exploits de Vivien et le début de cette bataille, avec le fameux vœu de ne pas reculer de la longueur d'une lance (ou d'un pied) et la blessure au ventre que nous avons évoquée. C'est donc une période d'un siècle environ de production épique qui se trouve ainsi embrassée : il n'est pas étonnant que des nuances importantes affectent la vision que ces œuvres donnent de la mort des héros.

La mort de Roland et la « première » mort de Vivien se font toutes deux dans la solitude. Mais Roland, tous les ennemis étant morts autour de lui ou en fuite, a le loisir de se souvenir de ce que fut sa vie, de mourir en chef, en vassal de l'empereur, et les anges l'entourent au moment suprême ; le héros n'a pas un instant de doute ; d'ailleurs, il meurt de l'effort qu'il a fait pour souffler dans son cor : nul ennemi n'a réussi à le tuer. Vivien meurt dans une solitude totale, accablé sous les coups qui l'achèvent, entraîné à l'écart par des Sarrasins qui cherchent à le priver de sépulture chrétienne. Cette solitude est accentuée par des notations atroces, qui rapprochent son martyre de la Passion du Christ : l'eau amère d'une source ensanglantée, la prière à la Vierge, par exemple, vont dans ce sens. Au pin et aux prés de Roncevaux se substitue le sable stérile de l'Archant, et Dieu reste silencieux. Comme l'écrivait Jean Frappier : « Roland meurt en vainqueur, Vivien meurt en vaincu[1]. » Alors que Roland et Olivier illustrent l'opposition rhéto-

---

1. J. Frappier, *Les Chansons de geste du cycle de Guillaume d'Orange*, Paris, SEDES, t. I, 1955, p. 196.

rique entre *fortitudo* (prouesse) et *sapientia* (sagesse), Vivien dépasse cette opposition par la pureté absolue de son sacrifice. Ce n'est que plus tard, dans la *Chevalerie Vivien*, que son vœu de ne pas fuir connaîtra la démesure, avec la spécification d'une distance absurdement limitée (ne pas fuir de la longueur d'une lance) : la recherche du pathos définit déjà une esthétique nouvelle, en même temps que les circonstances de la mort, comme on l'a vu, se font plus douces.

La recherche de la « bonne mort » imprègne *Aliscans* comme *G2* : le héros, allongé sur le dos, croise ses mains à plat sur sa poitrine, dans la position qui est celle du gisant dans la statuaire. Après s'être confessé et avoir communié, il s'immobilise dans la position requise et peut ainsi entrer dans l'éternité. Roland, pour mourir, se fige dans une position bien différente. Couché sur le ventre, il se tourne légèrement sur le côté pour prononcer sa prière : il peut ainsi battre sa coulpe et tendre son gant à Dieu. Cette position, comme l'a remarqué Mario Roques[1], est celle de la « prostration atténuée », signe de contrition : mais elle permet aussi à Roland de protéger sous lui son épée et son cor, symboles de la fonction guerrière, et de faire face à l'Espagne, menaçant les païens jusque dans la mort. Roland meurt chrétiennement, mais il meurt en chef de guerre.

Ainsi, le tableau de la mort de Roland apparaît non seulement comme une vision idéalisée de la mort, mais comme une représentation très largement symbolique : ce qu'elle signifie est au-delà du pathétique et des effets esthétiques, qu'il ne faut cependant pas négliger (les magnifiques séries de laisses similaires, qui ralentissent la marche narrative pour mieux l'amplifier, en sont la preuve). La mort de Vivien, que l'on se tourne vers l'une ou l'autre de ses versions, tient tout entière dans le sacrifice et dans le pathétique, dans la souffrance ou la tendresse : c'est un individu qui meurt, et sa mort ne renvoie qu'à lui-même. C'est pourquoi, sans doute, son trépas ne s'accompagne pas de ces prodiges catastrophiques qui marquent la prémonition de la mort de Roland comme de celle du Christ : la

---

1. M. Roques, « L'attitude du héros mourant dans la *Chanson de Roland* », *Romania*, 1940, t. 66, p. 355-366.

terre n'a pas à éprouver pour lui ce « deuil universel [1] ». Mais cette mort n'est pas plus réaliste pour autant : il faudra attendre le XIVᵉ siècle pour que la poésie s'intéresse de façon concrète aux manifestations de l'agonie et à l'horreur que fait naître la vision du cadavre.

Dominique BOUTET.

---

1. *Chanson de Roland*, v. 1437.

REPÈRES CHRONOLOGIQUES

Dates	Chansons de geste	Autres genres littéraires	Événements politiques
Fin XIᵉ s.	*Chanson de Roland.*	*Vie de saint Alexis.*	Première croisade (1095-1099).
Début XIIᵉ s.	*Chanson de Guillaume.*	*Voyage de saint Brendan.*	
1130-1140	*Couronnement de Louis.*	*Historia regum Britanniae* de Geoffroy de Monmouth.	Couronnement anticipé du futur Louis VII (1131).
Vers 1148	*Charroi de Nîmes* ; *Girart de Roussillon* ; première (?) version de la *Prise d'Orange.*		Fondation de l'ordre du Temple (1119) ; prédication de saint Bernard et deuxième croisade.
1153-1160		*Roman de Brut*, de Wace (1155) ; *Roman dÉnéas* (1160) ; les *Tristan* de Béroul et de Thomas.	Avènement en Angleterre d'Henri II Plantagenêt (1154), qui a épousé Aliénor d'Aquitaine ; Frédéric Barberousse empereur germanique (1155).
Vers 1170	Essor du genre, et en particulier du cycle de Guillaume.	*Lais* de Marie de France ; *Érec et Énide*, premier roman de Chrétien de Troyes ; *Roman de Troie*, de Benoît de Sainte-Maure ; premières branches du *Roman de Renart.*	

Vers 1180	*Raoul de Cambrai* ; *Girart de Vienne*, remaniement de Bertrand de Bar-sur-Aube.	Chrétien de Troyes : *Chevalier de la Charrette*, *Chevalier au lion* (1177-1178), *Conte du Graal* (1180 ?) ; développement d'une poésie lyrique en langue d'oïl et des fabliaux.	Avènement de Philippe Auguste.
1188-1190	*Aliscans* (?) ; *Chanson d'Aspremont*.	*Les Vers de la Mort*, poème d'Hélinand de Froidmont ; Robert de Boron : trilogie du Graal en vers (*Joseph, Merlin* ; le *Perceval* a disparu).	Mort d'Henri II et avènement de Richard Cœur de Lion (1189) ; troisième croisade (1189-1190) ; mort de Frédéric Barberousse, empereur germanique.
Fin XIIe-début XIIIe s.	*Renaut de Montauban, Chevalerie Vivien, Enfances Vivien,* remaniements en alexandrins de la *Chanson de Roland* ; achèvement du cycle de Guillaume proprement dit.	Naissance de la prose : Villehardouin ; mise en prose de Robert de Boron. Continuations en vers du *Conte du Graal.* Naissance du théâtre profane.	Quatrième croisade et conquête de Constantinople par les croisés (1203-1204). Rivalité et guerres franco-anglaises ; Jean sans Terre (roi d'Angleterre en 1199) dépossédé par Philippe Auguste ; victoire de Bouvines (1214). Croisade contre les Albigeois (1206-1215).
1215-1220	Les chansons de geste se multiplient : *Gui de Bourgogne, Chevalerie Ogier*, etc.	Rédaction du *Lancelot* en prose.	Mort de Philippe Auguste (1223).

Note sur le texte et la présentation

La traduction de la *Chanson de Roland* que nous reproduisons est celle que Ian Short a publiée dans la collection « Lettres gothiques ». Pour les autres extraits, qui relatent la mort de Vivien, nous avons repris, en la retouchant quelquefois, la traduction que nous avons publiée dans la même collection sous le titre *Le Cycle de Guillaume d'Orange. Anthologie.*

Nous avons rédigé l'ensemble des notes : pour le *Roland*, elles remplacent les notes de Ian Short ; pour les autres œuvres, nous avons écarté systématiquement les notes d'érudition qui accompagnaient notre traduction, et refondu les autres en tenant compte de l'orientation spécifique de la présente collection.

LA MORT DE ROLAND

CHANSON DE ROLAND

La bataille s'engage

79

Les païens s'arment de haubers sarrasins,
995   Pour la plupart à triple épaisseur ;
Lacent leurs bons heaumes de Saragosse,
Ceignent leurs épées d'acier viennois ;
De beaux écus au bras, des épieux de Valence [1],
Des gonfanons blancs, bleus et vermeils.
1000 Ils abandonnent tous les palefrois et les mulets,
Montent sur les destriers, chevauchent en rangs serrés.
Clair est le jour, et beau le soleil ;
Pas une armure qui toute ne resplendisse ;
Mille clairons sonnent pour que ce soit plus beau [2].
1005 Le bruit est grand, les Français l'entendirent.
Olivier dit : « Sire compagnon, je crois
Que nous pourrons avoir bataille avec les Sarrasins. »
Roland répond : « Eh bien, que Dieu nous l'accorde !

---

1. Certaines localités étaient célèbres pour la qualité de leurs fabrications ;
citer la provenance d'une arme ou d'un objet quelconque (une étoffe par exemple), c'est en rehausser la valeur. — **2.** Ces trois vers illustrent clairement le
plaisir esthétique que procure la vue d'un champ de bataille, élément indispensa-
ble de la joie épique qui fait du combat une sorte de fête.

Notre devoir est de nous tenir ici pour notre roi ;
1010   Pour son seigneur on doit subir des souffrances
Et endurer de grandes chaleurs et de grands froids,
On doit aussi perdre du cuir et du poil[1].
Que chacun veille à assener de grands coups
Pour que sur nous on ne chante pas de chanson déshonorante[2] !
1015   Les païens ont le tort, et les chrétiens le droit[3].
Mauvais exemple ne viendra jamais de moi[4]. »

80

Sur une hauteur Olivier est monté,
D'où il regarde à droite, le long d'une vallée herbeuse ;
Il voit venir la troupe des païens,
1020   Et il appelle Roland son compagnon :
« Je vois venir d'Espagne tant de reflets de métal bruni,
Hauberts qui brillent, heaumes qui flamboient !
Ces gens vont mettre nos Français en grande fureur.
Il le savait, Ganelon, le félon, le traître :
1025   Ce fut bien lui qui nous désigna devant l'empereur. »
Le comte Roland répond : « Tais-toi, Olivier.
C'est mon beau-père ; je ne veux pas t'entendre parler de lui ! »

81

Sur une hauteur Olivier est monté.
Il voit très bien maintenant le royaume d'Espagne,
1030   Les Sarrasins assemblés en grand nombre ;
Leurs heaumes brillent aux gemmes serties dans l'or,
Et leurs écus, leurs hauberts laqués or,

---

1. L'idéologie aristocratique se confond ici avec la fidélité au seigneur, au suzerain, inséparable de la défense de la foi chrétienne. — **2.** Cette « mise en abyme » de la chanson se retrouvera dans la *Chevalerie Vivien* et dans *Aliscans* ; elle confère à l'œuvre une fonction dynamique, en même temps qu'elle en projette l'origine (fictive) au temps même de l'action. Quant au souci exprimé par Roland sur sa réputation de guerrier, il constitue dans cette scène un leitmotiv : *cf*. les v. 1054, 1063, 1076, 1120-1121, 1466... — **3.** Toute la pensée épique et toute la philosophie des Croisades se trouvent ici résumées en une formule lapidaire qui est restée célèbre. — **4.** Le héros épique est un héros exemplaire, et non un héros problématique comme le héros de roman.

Et leurs épieux, leurs gonfanons dressés.
Il ne peut même compter les bataillons :
1035 Il n'en sait pas le nombre ; il y en a tant et plus.
Il est lui-même tout bouleversé :
De la hauteur il est redescendu le plus vite qu'il pouvait,
Il vient aux Francs, leur a tout détaillé.

82

Olivier dit : « J'ai vu les païens ;
1040 Nul être humain n'en vit jamais davantage.
Ceux de devant sont cent mille avec leurs écus,
Leurs heaumes lacés, leurs hauberts brillants sur le dos,
Droites sont les lances, les épieux brunis luisent.
Et vous aurez bataille telle qu'il n'y en eut jamais.
1045 Français, seigneurs, que vous ayez la force de Dieu !
Dans le combat tenez bon, que nous ne soyons pas vaincus ! »
Les Français disent : « Maudit soit qui s'enfuit !
Dût-il mourir, aucun de nous ne vous fera défaut. »

83

Olivier dit : « Les païens sont en force,
1050 Et nos Français, ce me semble, sont bien peu.
Mon compagnon, Roland, sonnez donc votre cor [1],
Charles l'entendra et l'armée reviendra. »
Roland répond : « Ce serait une folie de ma part !
En France la douce j'en perdrais mon renom.
1055 De Durendal je frapperai aussitôt à grands coups :
Sa lame aura du sang jusqu'à l'or de la garde.
Ils eurent bien tort, les félons païens, de venir aux cols ;
Ils sont voués tous à la mort, je vous le garantis. »

---

1. La « première scène du cor », qui commence ici, oppose la sagesse d'Olivier à la prouesse aveugle de Roland : ces deux valeurs sont également épiques (*cf.* les v. 1093-1094).

84

« Mon compagnon, Roland, l'olifant, sonnez-le !
1060 Charles l'entendra, il fera revenir l'armée,
Nous secourra avec tous ses chevaliers. »
Roland répond : « Ne plaise à Dieu, Notre-Seigneur,
Qu'à cause de moi mes parents soient blâmés,
Que France la douce sombre dans le déshonneur !
1065 De Durendal je frapperai fort, plutôt,
Ma bonne épée que j'ai ceinte au côté ;
Vous en verrez la lame tout ensanglantée.
Ils ont eu tort, les félons païens, de s'assembler ici :
Tous sont livrés à la mort, je vous le garantis. »

85

1070 « Mon compagnon, Roland, sonnez votre olifant !
Charles l'entendra, qui passe les cols,
Et les Français reviendront aussitôt, je vous le garantis. »
Roland répond : « À Dieu ne plaise
Qu'on dise de moi que je sonne du cor
1075 Pour qui que ce soit, surtout pour des païens !
Un tel reproche, jamais mes parents ne l'encourront.
Quand je serai au plus fort de la bataille,
Je frapperai mille coups et sept cents,
De Durendal vous verrez l'acier sanglant.
1080 Les Francs sont braves, ils frapperont vaillamment ;
Contre la mort, les gens d'Espagne n'auront pas de protecteur[1]. »

86

Olivier dit : « Je ne vois rien à redire à cela.
Je viens de voir les Sarrasins d'Espagne ;
Les vals, les monts en sont couverts,
1085 Et toutes les plaines et les coteaux.
Grande est l'armée de cette race étrangère,

---

1. Les laisses 83, 84 et 85 sont des laisses similaires : leurs construction est identique, et l'action est comme suspendue dans cette répétition caractéristique de l'art épique. La *Chanson de Roland* en contient de nombreux exemples.

Charlemagne, Roland et Olivier vus par le sculpteur
Louis Rochet du temps de Viollet-le-Duc.
Gravure de 1880 par Clerget.

Et bien petite est notre troupe à nous. »
Roland répond : « Mon ardeur en redouble !
Ne plaise à Dieu, ni à ses saints, ni à ses anges,
1090 Qu'à cause de moi la France perde sa valeur !
J'aime mieux mourir que rester vivant dans la honte.
C'est pour nos coups que l'empereur nous aime. »

87

Roland est preux et Olivier est sage ;
Ils sont tous deux d'un extraordinaire courage :
1095 Une fois montés à cheval et en armes,
Dussent-ils mourir, ils ne se déroberont pas à la bataille.
Les comtes sont braves, leurs paroles élevées.
Pleins de fureur, les païens félons chevauchent.
Olivier dit : « Roland, voyez leur nombre ;
1100 Ils sont très près, mais Charles est bien loin.
Votre olifant, vous n'avez pas daigné le sonner.
Nous n'aurions pas eu de pertes si le roi avait été ici.
Regardez, là, vers les cols d'Aspe :
Vous pouvez voir une bien triste arrière-garde ;
1105 Ceux qui y servent ne serviront jamais dans une autre. »
Roland répond : « Plus de propos outranciers !
Maudit le cœur qui flanche dans la poitrine !
Nous tiendrons bon ici à notre poste ;
À nous les coups et les combats ! »

88

1110 Quand Roland voit qu'il y aura bataille,
Il se fait plus farouche que lion ou léopard.
Il réconforte les Français, s'adresse à Olivier :
« Sire compagnon, ami, ne parle surtout pas ainsi !
C'est que l'empereur nous confia des Français ;
1115 Il en choisit parmi d'autres vingt mille,
Il savait bien qu'aucun d'eux n'était un lâche.
Pour son seigneur on doit souffrir de grands maux,
Et endurer de grands froids et de grandes chaleurs,
On doit aussi perdre du sang et de la chair.

1120 Frappe de ta lance ; je frapperai de Durendal,
Ma bonne épée que le roi me donna,
Et si je meurs, celui qui l'aura pourra dire
Que cette épée appartint à un bien noble vassal. »

89

Arrive d'en face l'archevêque Turpin.
1125 Il pique des deux, gravit un coteau,
S'adresse aux Francs et les a sermonnés :
« Seigneurs barons, Charles nous a laissés ici ;
Pour notre roi notre devoir est de bien mourir.
La chrétienté, aidez à la soutenir !
1130 Il y aura bataille, vous en êtes bien certains,
Car de vos yeux vous voyez les Sarrasins.
Confessez-vous, demandez pardon à Dieu !
Je vous absous pour sauver vos âmes.
Si vous mourez, vous serez de saints martyrs,
1135 Et vous aurez un siège en haut du paradis[1]. »
Les Francs descendent de cheval, ils se sont prosternés :
Au nom de Dieu l'archevêque les bénit.
Pour pénitence, il leur ordonne de bien frapper.

L'annonce du destin

110

Redoutable est la bataille et dure à supporter :
Roland frappe bien, et Olivier aussi,
Et l'archevêque rend plus de mille coups,
1415 Et les douze Pairs ne sont pas lents à attaquer,
Et les Français frappent tous ensemble.
Les païens meurent par centaines et milliers :

---

1. Au moment de partir à la croisade, les combattants recevaient l'absolution pontificale ; le poème épique s'inspire ici directement de la réalité de la première croisade.

Qui ne s'enfuit n'a aucune protection contre la mort ;
Bon gré mal gré, il y laisse sa vie.
1420 Les Francs y perdent leurs meilleurs guerriers :
Ils ne reverront plus ni leurs parents ni leurs pères,
Ni Charlemagne qui les attend aux cols.
En France éclate une prodigieuse tourmente :
Tempêtes de vent et de tonnerre,
1425 Pluie et grêle exceptionnelles ;
La foudre tombe coup sur coup, maintes et maintes fois,
C'est, à vrai dire, un tremblement de terre :
De Saint-Michel-du-Péril jusqu'à Xanten.
De Besançon jusqu'au port de Wissant[1],
1430 Aucune maison dont une partie des murs ne s'affaisse.
Et, dès midi, le jour s'obscurcit :
Aucune lumière sinon quand le ciel se fend.
Nul ne le voit qui ne s'en épouvante,
Et plusieurs disent : « C'est la fin du monde,
1435 Et nous voici à la consommation des temps. »
Ils ne savent pas, ils ne disent pas la vérité :
C'est là le deuil universel pour la mort de Roland[2].

111

De tout leur cœur les Français frappent, et avec vigueur,
Et les païens sont morts en foule, par milliers :
1440 Sur les cent mille, il n'en est pas deux qui survivent.
L'archevêque dit : « Nos hommes sont bien preux ;
Nul roi au monde qui n'en ait plus, et de meilleurs.
Il est écrit dans la Geste des Francs
Que notre empereur eut de vaillants vassaux. »

---

1. Saint-Michel-du-Péril est le Mont-Saint-Michel (identification la plus fréquente), à moins qu'il ne s'agisse de Saint-Michel des Ports de Cize, dans les Pyrénées (*cf.* le v. 2939) ; Xanten se trouve sur le Rhin ; le port de Wissant marque la limite entre la France et la Flandre, face à l'Angleterre. Ces quatre lieux sont censés marquer les limites de l'empire de Charlemagne. — **2.** Le poète invite ici le lecteur à rapprocher la mort de Roland de celle du Christ, marquée elle aussi par un obscurcissement du ciel à midi (« Depuis la sixième heure du jour jusqu'à la neuvième, toute la terre fut couverte de ténèbres. »), puis par un tremblement de terre : « Au même instant le voile du temple se déchira [...] ; la terre trembla, les rochers se fendirent, les tombeaux s'ouvrirent » (Évangile selon saint Matthieu, XXVII, 45, 51-52).

1445 Les Français vont à travers le champ rechercher les leurs,
Pleurent de leurs yeux, de douleur, de tendresse,
Sur leurs parents, avec amour, de tout leur cœur.
Le roi Marsile surgit devant eux avec sa grande armée.

112

Marsile avance le long d'une vallée,
1450 Et avec lui la grande armée qu'il avait réunie.
Le roi a ordonné vingt corps de bataille :
Les heaumes brillent, aux gemmes serties dans l'or,
Et les écus, les brognes[1] laquées or :
Sept mille clairons sonnent la charge ;
1455 Le bruit résonne dans tout le pays.
Roland dit : « Olivier, compagnon, frère,
C'est le félon Ganelon qui a juré notre mort.
La trahison ne peut être cachée ;
Charles en prendra une terrible vengeance.
1460 Nous, nous aurons une bataille dure et acharnée ;
Jamais personne ne vit pareil affrontement.
De Durendal, mon épée, je frapperai,
Et vous de même, compagnon, de Hauteclaire.
En tant de lieux nous les avons portées,
1465 Et grâce à elles nous avons mené à terme tant de batailles !
Il ne faut pas qu'on chante sur elles de chanson déshonorante. »

La mort de Roland

127

Le comte Roland s'adresse à Olivier :
« Compagnon, sire, convenez-en,
L'archevêque est très bon chevalier,

---

1. La *brogne* ou *broigne* est une sorte de tunique de cuir renforcée de métal, que le haubert supplante au XIIᵉ siècle.

Ni sur la terre ni sous le ciel, il n'en est de meilleur :
1675 Il sait bien frapper de la lance et de l'épieu. »
Le comte répond : « Allons donc à son aide ! »
Et à ces mots, les Francs ont repris le combat.
Durs sont les coups, et le combat est rude ;
Chez les chrétiens, la souffrance est grande.
1680 Vous auriez vu alors Roland et Olivier
De leurs épées frapper et refrapper !
Et l'archevêque y va de son épieu.
On peut savoir le nombre de ceux qu'ils ont tués
Cela est écrit dans les chartes et les diplômes,
1685 Quatre milliers et plus, c'est ce que dit la Geste[1].
Aux premiers chocs, les Francs ont tenu bon,
Mais le cinquième est difficile et pénible.
Les chevaliers de France sont tous tués
Hormis soixante que Dieu a épargnés ;
1690 Avant qu'ils meurent, ils vendront cher leur vie.

128

Le comte Roland voit la grande perte des siens,
Et il s'adresse à son compagnon Olivier :
« Cher compagnon, que vous en semble, par Dieu ?
Tous ces vaillants, voyez-les étendus à terre !
1695 Nous pouvons plaindre France la douce, la belle,
Si démunie à présent de tels chevaliers !
Ah ! roi, ami, que n'êtes-vous ici !
Olivier, frère, comment pourrons-nous faire ?
De quelle façon lui envoyer des nouvelles ? »
1700 Olivier dit : « Je ne sais comment le faire venir.
J'aime mieux mourir que si on devait en parler à notre honte. »

129

Roland lui dit : « Je sonnerai l'olifant[2],
Et Charles, qui passe les cols, l'entendra,

---

1. « La Geste », c'est sans doute la source latine *(Gesta)* qui sert (fictivement) de support à la chanson ; la fiction épique se veut récit véridique, d'où la mention des chartes et diplômes au vers précédent. *Cf.* également les v. 2095-2097. — **2.** Ici commence la « deuxième scène du cor », parallèle à la première, mais dans laquelle les positions de Roland et d'Olivier sont inversées : la situation générale de la bataille justifie cette inversion, qui n'est donc pas un pur jeu rhétorique.

Et les Français, je vous jure, reviendront bien. »
1705 Olivier dit : « Ce serait grand opprobre,
Sujet de blâme pour tous vos parents ;
Leur vie entière cette honte les suivrait !
Quand je l'ai dit, vous n'en avez rien fait :
Ce n'est pas moi qui vous approuverai à présent.
1710 Si vous sonnez le cor, ce ne sera pas un acte de bravoure :
Vous avez déjà les deux bras couverts de sang. »
Le comte répond : « J'ai donné de beaux coups ! »

130

Roland lui dit : « Notre bataille est dure ;
Je vais sonner le cor, le roi Charles l'entendra. »
1715 Olivier dit : « Ce ne serait pas un acte de vaillance.
Quand je l'ai dit, compagnon, vous n'avez pas daigné le faire.
Nous n'aurions pas eu de pertes si le roi avait été là.
Ceux qui sont là-bas avec lui ne méritent aucun reproche. »
Olivier dit : « Par ma barbe que voici,
1720 S'il m'est donné de revoir ma noble sœur Aude,
Entre ses bras jamais vous ne coucherez ! »

131

Roland lui dit : « Pourquoi vous emporter contre moi ? »
Et il répond : « Compagnon, vous avez commis un tort,
Car la vaillance sensée n'est pas la folie ;
1725 Mieux vaut mesure que bravoure téméraire.
Les Francs sont morts à cause de votre inconscience,
Et jamais plus Charles n'aura notre service.
Notre seigneur serait revenu, si vous m'aviez cru,
Et cette bataille, nous l'aurions déjà terminée ;
1730 Le roi Marsile aurait été prisonnier ou mort.
Votre prouesse, Roland, nous a causé du tort !
Charles le Grand ne recevra plus d'aide de nous —
Il n'y aura plus d'homme comme lui jusqu'au jugement dernier[1].
Vous, vous mourrez, la France en sera déshonorée.

---

1. Le temps épique est celui des origines, il est le modèle ; les temps postérieurs n'en sont plus que de pâles reflets.

Roland mourant frappe un Sarrasin avec son cor.
Berlin, Staatsbibliothek, ms. Germ. 623 (Stricker, *Karl der grosse*), folio 22v°.

1735 C'est aujourd'hui que prend fin notre loyale amitié :
      Avant ce soir, la séparation sera pénible. »

                          132

      L'archevêque les entend se quereller ;
      Il pique des deux, des éperons d'or pur,
      Vient jusqu'à eux, se met à les reprendre :
1740 « Vous, sire Roland, et vous, sire Olivier,
      Au nom de Dieu, je vous en supplie, ne vous querellez pas !
      Sonner du cor ne nous serait plus utile,
      Mais cependant mieux vaut encore sonner :
      Revienne le roi, il pourra nous venger.
1745 Il ne faut pas que ceux d'Espagne repartent joyeux.
      Nos Français descendront ici de cheval,
      Nous trouveront morts et taillés en morceaux,
      Nous mettront en bière sur des bêtes de somme,
      Nous pleureront avec douleur et pitié,
1750 Près des églises ils nous enterreront en terre bénie ;
      Ni loups, ni porcs, ni chiens ne nous dévoreront[1]. »
      Roland répond : « Sire, vous dites fort bien. »

                          133

      Roland a mis l'olifant à sa bouche,
      Il le serre bien, il sonne de tout son souffle.
1755 Hauts sont les monts, et le son porte loin ;
      On entendit l'écho à trente lieues et plus.
      Charles l'entendit, et toute son armée.
      Le roi déclare : « Nos hommes livrent bataille ! »
      Et à l'inverse Ganelon lui répondit :
1760 « Si un autre que vous le disait, cela semblerait un grand
                                          [mensonge. »

---

1. v. 1746 à 1751 : pour le thème de la sépulture chrétienne, comparer avec
la mort de Vivien dans la première *Chanson de Guillaume*, v. 926-928.

134

Le comte Roland, avec peine et souffrance,
À grande douleur sonne son olifant.
Le sang jaillit, clair, par la bouche [1] :
De son cerveau la tempe se rompt.
1765 Du cor qu'il tient le son porte très loin :
Charles l'entend au passage des cols,
Naimes l'entendit, et les Français l'écoutent.
Le roi déclare : « J'entends le cor de Roland !
Il ne l'aurait jamais sonné s'il n'avait pas eu à se battre. »
1770 Ganelon répond : « Pas du tout, il n'y a pas de bataille !
Vous êtes bien vieux, votre chef est fleuri et blanc ;
Par de tels mots, vous ressemblez à un enfant.
Vous connaissez fort bien le grand orgueil de Roland ;
On est surpris que Dieu le tolère si longtemps.
1775 Déjà il prit Noples sans votre ordre :
Les Sarrasins de la ville firent une sortie,
Livrèrent bataille au bon vassal Roland ;
Il fit laver alors son épieu avec de l'eau
Pour que leur sang répandu ne se vît pas.
1780 Pour un seul lièvre, il sonne le cor à longueur de journée.
En ce moment, il fait de l'effet devant ses pairs.
Personne au monde n'oserait engager le combat avec lui.
Chevauchez donc ! Pourquoi vous arrêter ?
Elle est bien loin devant nous, la Terre des Aïeux. »

135

1785 Le comte Roland a la bouche sanglante ;
De son cerveau la tempe est rompue.
Avec douleur et peine il sonne l'olifant.
Charles l'entendit, et ses Français l'écoutent.
Le roi déclare : « Ce cor a longue haleine ! »
1790 « Un chevalier y met toutes ses forces, répond le duc Naimes.
À mon avis, il est en train de se battre,

---

1. C'est cette lésion qui sera mortelle ; aucun Sarrasin ne blessera mortellement le héros, et Roland mourra invaincu. L'importance de l'événement est sou-
lignée par la succession de trois laisses similaires (laisses 133 à 135).

Et celui-là l'a trahi qui vous demande de ne rien y faire.
Armez-vous donc, poussez votre cri de guerre,
Et secourez vos nobles et proches vassaux ;
1795 Vous entendez bien que Roland se lamente ! »

136

L'empereur a fait sonner ses cors,
Les Francs descendent de cheval et s'arment
D'épées dorées, de hauberts et de heaumes ;
Leurs écus sont beaux, leurs épieux grands et forts,
1800 Leurs gonfanons blancs, vermeils et bleus.
Tous les barons de l'armée montent sur leurs destriers,
Piquent fort des deux en traversant les cols.
Il n'est pas un qui ne dise à l'autre :
« Si nous pouvions revoir Roland avant sa mort,
1805 Nous frapperions avec lui de grands coups. »
Mais à quoi bon ? Ils ont trop tardé.

137

Le soir est clair, le jour reste radieux,
Et au soleil les armes resplendissent,
Hauberts et heaumes étincellent et flamboient,
1810 Et les écus bien peints à fleurons,
Et les épieux, les gonfanons dorés.
L'empereur chevauche plein de fureur,
Et les Français avec chagrin et colère.
Il n'en est nul qui ne pleure à chaudes larmes,
1815 Ils tremblent tous pour Roland.
Le comte Ganelon, le roi le fait saisir,
Aux cuisiniers de sa maison il le livre.
Il fait venir Besgon, le maître queux :
« Garde-le-moi bien, comme il convient à un félon pareil !
1820 Il a trahi tous mes proches vassaux. »
Besgon le prend, y met cent compagnons
De la cuisine, des meilleurs et des pires.
Ils lui arrachent la barbe et la moustache,
Chacun le frappe de quatre coups de poing,

1825   Ils l'ont battu avec des triques et des bâtons [1],
       Puis ils lui passent une chaîne au cou
       Et ils l'enchaînent tout comme un ours ;
       Ils l'ont monté honteusement sur un cheval de somme.
       Ils le gardèrent à vue jusqu'au moment de le remettre à Charles.

                              138

1830   Hauts sont les monts et ténébreux et grands,
       Les vals profonds, et rapides les torrents.
       Les clairons sonnent à l'arrière, à l'avant,
       Et tous répondent au son de l'olifant.
       L'empereur chevauche plein de fureur,
1835   Et les Français avec chagrin et colère ;
       Il n'en est pas qui ne pleure ni ne se lamente,
       Et ils prient Dieu qu'il préserve Roland
       Jusqu'à ce qu'ils arrivent tous en force sur le champ de bataille :
       Là, avec lui, ils frapperont de vrais coups.
1840   Mais à quoi bon ? Cela ne leur sert à rien :
       Ils tardent trop et ne peuvent y être à temps.

                              139

       L'empereur chevauche plein de fureur,
       Sa barbe blanche s'étale sur sa brogne.
       Tous les barons de France piquent fort des deux ;
1845   Il n'en est pas qui ne se plaigne
       De n'être pas avec Roland le capitaine
       Qui se bat contre les Sarrasins d'Espagne ;
       Mais Roland est blessé, et son âme, je pense, l'abandonne.
       Mon Dieu ! quels hommes, les soixante qu'il a avec lui !
1850   Ni capitaine ni roi n'en eut jamais de meilleurs.

                              140

       Roland regarde vers les monts et les coteaux ;
       De ceux de France, qu'il en voit étendus morts !

---

   1. v. 1821 à 1825 : Ce traitement est celui de la dégradation, par lequel Ganelon perd son statut de noble pour être traité comme un serf.

Et il les pleure en noble chevalier :
« Seigneurs barons, que Dieu prenne pitié de vous !
1855 À toutes vos âmes qu'il accorde le paradis,
Et qu'il les fasse reposer parmi les saintes fleurs !
Meilleurs vassaux que vous, je n'en vis jamais :
Pendant longtemps vous m'avez servi sans relâche !
Vous avez conquis pour Charles de si grands pays !
1860 C'est en pure perte que l'empereur vous a nourris !
Terre de France, vous êtes un pays très doux,
Mais aujourd'hui dévasté par un si dur désastre.
Barons français, je vous vois mourir pour moi,
Et je ne peux ni vous défendre ni vous protéger.
1865 Que Dieu vous aide, qui reste toujours fidèle !
Olivier, frère, je ne dois pas vous faire défaut.
Je mourrai, certes, de douleur, si rien d'autre ne me tue.
Compagnon, sire, allons frapper encore ! »

141

Le comte Roland est revenu sur le champ de bataille,
1870 Comme un vaillant il tient Durendal et frappe :
Il a tranché en deux Faldron de Pui
Et vingt-quatre hommes des mieux prisés ;
Jamais personne ne sera plus assoiffé de vengeance.
Comme le cerf court devant les chiens,
1875 Devant Roland les païens s'enfuient.
L'archevêque dit : « Voilà qui est très bien !
Voilà comment doit montrer sa valeur
Un chevalier armé et monté sur son bon destrier :
Dans la bataille il doit être fort et farouche,
1880 Ou autrement il ne vaut pas quatre deniers ;
Il doit se faire moine, plutôt, dans quelque monastère
Où toute sa vie il priera pour nos péchés. »
Roland répond : « Frappez, ne les épargnez pas ! »
Et à ces mots, les Francs ont repris le combat,
1885 Mais il y eut massacre des chrétiens.

142

Celui qui sait qu'il n'y aura pas de prisonniers,
Il se défend obstinément dans une telle bataille ;

Pour cela, les Francs sont aussi farouches que des lions.
Voici Marsile qui arrive en vrai chevalier !
1890 Il monte le cheval qu'il appelle Gaignon,
Il pique des deux et va frapper Bevon,
Seigneur de Beaune et de Dijon :
Lui brise l'écu, lui entaille le haubert,
Il l'abat mort sans espoir de salut.
1895 Puis il a tué Ivoire et Ivon,
Et avec eux Gérard de Roussillon.
Le comte Roland n'est pas bien loin de lui ;
Il dit au païen : « Que le Seigneur te comble de mal !
C'est à grand tort que tu me tues mes compagnons ;
1900 Tu recevras un coup en récompense avant que nous nous séparions,
Et tu sauras aujourd'hui le nom de mon épée. »
En vrai vaillant le comte va le frapper,
Et il lui tranche le poing droit,
Puis coupe la tête à Jurfaleu le Blond —
1905 C'était le fils du roi Marsile.
Les païens crient : « Aide-nous, Mahomet !
Et vous, nos dieux, vengez-nous de Charles !
Il nous a mis dans ce pays de tels félons
Qu'ils mourront plutôt qu'abandonner le champ de bataille. »
1910 Ils disent entre eux : « Eh bien, fuyons donc ! »
Cent mille païens s'enfuient à ces mots,
Qu'on les rappelle ou non, ils ne reviendront pas.

143

Mais à quoi bon ? Marsile s'est enfui,
Mais le calife, son oncle, est resté ;
1915 Il tient Carthage, Alferne et Garmalie,
Et l'Éthiopie, une terre maudite.
De la race noire il est le gouverneur ;
Ils ont le nez énorme, et les oreilles larges,
Ils sont en tout plus de cinquante mille.
1920 Ceux-là chevauchent terribles et furieux,
Ils poussent alors le cri de guerre païen.

Roland déclare : « C'est ici que nous recevrons le martyre[1] ;
Je le sais bien, nous n'avons plus guère à vivre ;
Mais maudit soit qui d'abord ne vendra pas cher sa vie !
1925 Frappez, seigneurs, de vos épées fourbies,
Défendez-vous et disputez vos vies,
Que France la douce ne soit pas déshonorée par nous !
Quand Charles, mon seigneur, viendra sur ce champ,
Et qu'il verra un tel massacre de Sarrasins,
1930 Qu'il trouvera, pour un des nôtres, quinze païens morts,
Il ne pourra ne pas nous bénir. »

144

Quand Roland voit cette race de mécréants
Qui sont plus noirs que l'encre
Et n'ont de blanc que les seules dents[2],
1935 Il dit, le comte : « Je sais maintenant en vérité
Que nous mourrons aujourd'hui même, j'en suis sûr.
Frappez, Français, car je reprends la lutte pour vous ! »
Olivier dit : « Maudit soit le plus lent ! »
Et à ces mots, les Français foncent sur l'ennemi.

145

1940 Quand les païens virent qu'il restait peu de Français,
Ils se rassurent et leur orgueil croît.
Ils disent entre eux : « L'empereur est dans son tort ! »
Le calife montait un cheval fauve,
Il pique des deux, des éperons d'or,
1945 Frappe Olivier par-derrière, en plein dos,
Contre le corps lui a fracassé son haubert brillant,
De son épieu lui a transpercé la poitrine.
Alors il dit : « Vous avez pris un joli coup ! »
Pour son malheur Charles le Grand vous laissa aux cols !

---

1. Le héros épique, dans la lutte contre les Sarrasins, s'identifie au martyr chrétien, et son combat puise son sens dans cette référence religieuse. Il en ira de même pour Vivien. — **2.** Le noir symbolise les puissances du Mal (en ancien français, le terme de *nerci*, « noirci », désigne fréquemment les démons de l'enfer).

1950   Il nous fit tort ; il n'est pas juste qu'il s'en vante,
       Car sur vous seul j'ai bien vengé les nôtres. »

                            146

       Olivier sent qu'il est frappé à mort.
       Il tient Hauteclaire, dont l'acier est bruni,
       Frappe le calife sur son heaume doré et pointu,
1955   En fait tomber les fleurons et les cristaux,
       Lui tranche le crâne jusqu'aux dents de devant,
       Retourne la lame et l'a abattu mort.
       Alors il dit : « Païen, maudit sois-tu !
       Je ne dis pas que Charles n'ait pas eu de pertes,
1960   Mais pour ta part, tu ne te vanteras,
       Ni à ta femme ni à autre dame dans le pays où tu es né,
       De m'avoir pris la valeur d'un denier,
       Ni d'avoir nui au roi par moi ou par autrui. »
       Puis il appelle Roland pour qu'il lui vienne en aide.

                            147

1965   Olivier sent qu'il est blessé à mort.
       De se venger jamais il ne sera rassasié :
       En vrai baron il frappe au plus fort de la mêlée,
       Et il fracasse écus à boucles et lances,
       Et pieds et poings, selles et flancs.
1970   Qui l'aurait vu démembrer les Sarrasins,
       Jeter les morts les uns sur les autres,
       Aurait souvenance de ce qu'est la vaillance.
       Le cri de guerre de Charles, il ne veut pas l'oublier :
       Il crie « Monjoie ! » d'une voix haute et claire[1].
1975   Puis il appelle Roland, son ami et son pair :
       « Compagnon, sire, rejoignez-moi donc !
       À grande douleur nous serons aujourd'hui séparés ! »

---

1. Ce cri de guerre, d'origine germanique (*mund-gawi*), signifie étymologi-
quement « protection du pays », et désigne un lieu élevé d'où la vue peut porter
loin. Il deviendra, dans les chansons de geste postérieures, « Monjoie Saint-
Denis », associant ainsi la grande abbaye royale des capétiens à l'univers carolingien de la fiction épique.

Olivier et Roland. Archivolte du portail de la cathédrale
de Vérone par Nicolo, XIIe siècle.

148

Roland regarde Olivier au visage :
Il est livide, blême, pâle et décoloré.
1980 Le sang tout clair lui ruisselle le long du corps ;
Il se caille et tombe à terre.
« Dieu ! dit le comte, je ne sais que faire maintenant.
Compagnon, sire, quel malheur pour votre noblesse !
Jamais personne ne pourra te valoir.
1985 Comme tu seras, douce France, démunie aujourd'hui
De bons vassaux, abaissée et déchue !
Quelle perte énorme, aussi, pour l'empereur ! »
Et à ces mots il s'évanouit sur son cheval.

149

Voilà Roland évanoui sur son cheval,
1990 Et Olivier qui est blessé à mort.
Sa vue est trouble, il a tant perdu de sang :
Il ne peut pas voir assez clair, de près ou de loin,
Pour reconnaître qui que ce soit.
Son compagnon, quand il l'a abordé,
1995 Il le frappe fort sur le heaume aux gemmes serties dans l'or,
Et le lui fend du haut jusqu'au nasal,
Mais à la tête il ne l'a pas touché.
Roland reçoit le coup, et il l'a regardé,
Il lui demande d'une voix tendre et douce :
2000 « Compagnon, sire, le faites-vous exprès ?
Je suis Roland qui vous ai toujours aimé !
Vous ne m'avez lancé aucun défi ! »
Olivier dit : « Maintenant je vous entends parler.
Que le Seigneur vous voie ! Moi, je ne vous vois pas.
2005 Vous ai-je frappé ? Pardonnez-le-moi ! »
Roland répond : « Je n'ai aucun mal.
Je vous pardonne ici et devant Dieu. »
Et à ces mots, ils se sont inclinés l'un devant l'autre.
À grand amour, les voici séparés.

150

2010 Olivier sent que la mort le serre de très près :
       Ses deux yeux lui tournent dans la tête,
       Il perd l'ouïe et la vue tout à fait,
       Descend à pied, se couche par terre,
       Et à haute voix il confesse ses péchés,
2015 Les deux mains jointes, levées vers le ciel :
       Il implore Dieu de lui accorder le paradis,
       Il bénit Charles, France la douce,
       Son compagnon Roland par-dessus tous les hommes.
       Le cœur lui manque, son heaume retombe,
2020 Et tout son corps s'affaisse sur le sol[1].
       Le comte est mort ; son temps est épuisé.
       Le preux Roland le pleure et se lamente ;
       Jamais au monde vous n'entendrez homme plus accablé.

151

       Quand Roland voit que son ami est mort,
2025 Tout étendu, face contre terre,
       Avec tendresse il se met à le regretter :
       « Compagnon, sire, quel dommage pour vous si hardi !
       Des jours, des ans nous avons été ensemble ;
       Tu ne me fis jamais tort, jamais je ne t'en fis.
2030 Te voilà mort ; quelle douleur pour moi que de vivre ! »
       Et à ces mots, le marquis s'évanouit
       Sur son destrier qu'on appelle Veillantif.
       Par ses étriers d'or pur il est retenu :
       De quelque côté qu'il aille, il ne peut tomber.

152

2035 À peine Roland a-t-il repris ses sens,
       À peine est-il revenu de sa pâmoison,

---

1. Olivier, héros majeur comme Roland, a le temps de mourir chrétiennement,
alors que les autres Français sont abattus raides morts ; l'autre exception sera
l'archevêque Turpin. On notera que cette laisse unique contient la plupart des
éléments qui seront développés en laisses similaires pour la mort de Roland.

Que l'étendue des pertes s'est révélée à lui :
Les Francs sont morts, il les a tous perdus
Sauf l'archevêque et Gautier de l'Hum.
2040 Des hautes montagnes celui-ci est redescendu,
Il s'est battu vaillamment contre ceux d'Espagne ;
Ses hommes sont morts, les païens les ont vaincus.
Bon gré mal gré, il s'enfuit dans les vallées,
Réclame Roland pour qu'il lui vienne en aide :
2045 « Eh ! noble comte, vaillant chevalier, où es-tu ?
Auprès de toi, je n'ai jamais eu peur.
C'est moi, Gautier, qui conquis Maëlgut,
Moi, le neveu de Droün, le vieux chenu ;
Pour ma vaillance, j'ai été ton ami.
2050 Voilà ma lance brisée, mon écu percé,
Et mon haubert déchiré et rompu ;
Je suis atteint d'une lance dans le corps.
Je vais mourir bientôt, mais je me suis vendu bien cher ! »
À ces mots, Roland l'a entendu ;
2055 Il pique des deux, vient vers lui à toute bride.

153

Roland s'afflige, il est rempli de colère,
Il vient frapper au plus fort de la mêlée.
De ceux d'Espagne, il en jette morts vingt,
Et Gautier six, et l'archevêque cinq.
2060 Les païens disent : « Les félons que voilà !
Faites attention, seigneurs, à ne pas les laisser partir vivants !
Et maudit soit qui ne va pas les attaquer,
Et lâche celui qui les laissera se sauver ! »
Et ils reprennent aussitôt huées et cris,
2065 De tous côtés ils vont les attaquer de plus belle.

154

Le comte Roland était un noble guerrier,
Gautier de l'Hum un excellent chevalier,
Et l'archevêque preux et éprouvé :
À aucun prix l'un ne voudrait abandonner l'autre.

2070 Ils vont frapper les païens au plus fort de la mêlée.
Mille Sarrasins descendent à pied,
Quarante milliers restent à cheval.
Ils n'osent, je pense, les approcher,
Et ils leur jettent lances et épieux,
2075 Piques, dards, traits, flèches et javelots.
Aux premiers chocs, ils ont tué Gautier,
Percé l'écu de Turpin de Reims,
Brisé son heaume, ils l'ont blessé à la tête,
Lui ont rompu et déchiré le haubert,
2080 Et l'ont blessé de quatre épieux dans le corps ;
Ils tuent sous lui son destrier.
Quel grand chagrin quand l'archevêque tombe !

155

Turpin de Reims, quand il se sent abattu,
Atteint au corps de quatre épieux,
2085 En vrai vaillant il se redresse tout de suite,
Regarde Roland, court vers lui,
Et il lui dit : « Je ne suis pas vaincu !
Un bon vassal, tant qu'il reste en vie, ne se rendra jamais. »
Il tire Almace, son épée d'acier bruni,
2090 Il frappe mille coups et plus au plus fort de la mêlée.
Il n'épargna personne, Charles le dit par la suite :
Autour de lui il a trouvé quatre cents morts,
Les uns blessés, les autres transpercés,
D'autres encore qui avaient la tête tranchée.
2095 En sont témoins la Geste et celui qui fut au champ de bataille,
Le noble saint Gilles, pour qui Dieu fait des miracles,
Et qui en fit la charte au monastère de Laon ;
Qui ignore cela n'est pas bien informé [1].

---

1. *Cf.* la note du v. 1685. Saint Gilles avait vécu au VIe siècle (?), mais la *Vita sancti Egidii* fait de lui le confesseur du grand empereur. Un ange aurait d'ailleurs révélé au saint le péché de Charlemagne (Roland serait à la fois son neveu et son fils né de l'inceste), légende que la tradition germanique médiévale a conservée. Laon était un important centre du pouvoir à l'époque carolingienne.

156

Le comte Roland se bat vaillamment,
2100　Le corps lui brûle et il est tout en nage,
La tête lui fait affreusement mal :
Il s'est rompu la tempe en sonnant le cor.
Il veut savoir si Charles reviendra ;
Il tire l'olifant, faiblement le sonne.
2105　L'empereur s'arrête, prête l'oreille.
« Seigneurs, dit-il, les choses tournent mal pour nous !
On nous enlève aujourd'hui Roland mon neveu ;
Au son du cor j'entends qu'il ne vivra plus guère.
Qui veut y être, qu'il chevauche au plus vite !
2110　Tous les clairons de cette armée, sonnez-les ! »
On sonne si fort soixante mille clairons
Que tous les monts en résonnent et les vals font écho.
Quand les païens l'entendent, il n'y a pas de quoi rire ;
Ils disent entre eux : « Nous aurons affaire à Charles bientôt. »

157

2115　Les païens disent : « L'empereur revient ;
De ceux de France entendez les clairons !
Si Charles arrive, nous subirons des pertes ;
Si Roland vit, notre guerre reprend,
Et notre terre d'Espagne, nous l'avons perdue. »
2120　Coiffés de heaumes, quatre cents se rassemblent,
Ceux qui s'estiment les meilleurs au combat :
Voici qu'ils livrent à Roland un assaut dur et violent.
Et quant au comte, il a de quoi s'occuper maintenant !

158

Le comte Roland, quand il les voit venir,
2125　Se fait si fort, si farouche, si ardent !
Tant qu'il vivra, il ne s'enfuira pas.
Il monte le cheval qu'on appelle Veillantif,
Il pique des deux, des éperons d'or pur,
Va se jeter sur eux au plus fort de la mêlée,

2130 Et avec lui l'archevêque Turpin.
Les païens disent entre eux : « Sauvez-vous, les amis !
De ceux de France nous avons entendu les cors :
Il revient, Charles, le puissant roi ! »

159

Le comte Roland ne put jamais aimer un couard,
2135 Un orgueilleux, un homme ignoble de vile race,
Un chevalier qui ne fût vaillant.
À l'archevêque Turpin il s'adressa :
« Vous êtes à pied, sire ; moi, je suis à cheval ;
Je tiendrai bon ici, pour l'amour de vous ;
2140 Nous connaîtrons ensemble le meilleur et le pire,
Pour aucun homme au monde je ne vous quitterai.
Par cet assaut, les païens apprendront à l'instant
Le nom d'Almace et celui de Durendal ! »
L'archevêque dit : « Honte à celui qui ne frappera pas !
2145 Il revient, Charles, et il va bien nous venger. »

160

Les païens disent : « Malheur de nous !
Funeste le jour qui s'est levé pour nous !
Tous nos seigneurs, et nos pairs, nous les avons perdus.
Le vaillant Charles revient avec sa grande armée ;
2150 De ceux de France nous entendons les claires trompettes,
Grand est le bruit de ceux qui crient « Monjoie ! ».
Le comte Roland est tellement farouche
Qu'il n'est pas homme au monde qui puisse le vaincre.
Tirons de loin, puis laissons-le là ! »
2155 Ils firent ainsi, de dards et de piques sans nombre,
D'épieux, de lances, et de traits empennés.
Ils ont brisé et percé l'écu de Roland,
Et déchiré et rompu son haubert,
Mais dans son corps ils ne l'ont pas touché.
2160 En trente endroits ils ont blessé Veillantif,
Et sous le comte ils l'ont jeté mort à terre.

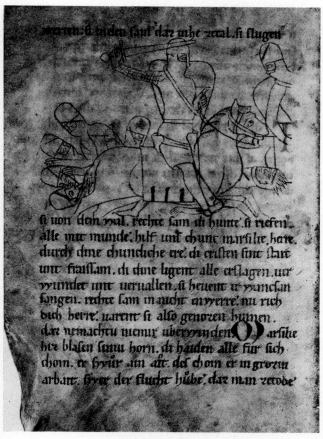

Combat à l'épée. Illustration tirée d'un manuscrit du
Rolanslied, adaptation allemande du XIIe siècle de la
Chanson de Roland.

Bibliothèque de l'Université de Heidelberg, Cod. pal. Germ. 112, folio 74vº.

Les païens fuient et le laissent tranquille.
Le comte Roland est resté là, à pied.

161

Pleins de colère et dépités, les païens s'enfuient,
2165 Et ils font tout pour regagner l'Espagne au plus tôt.
Le comte Roland n'a pas de quoi les poursuivre :
Il a perdu Veillantif, son destrier ;
Bon gré mal gré il est resté à pied.
Il s'en alla aider l'archevêque Turpin :
2170 Lui délaça son heaume doré de la tête,
Lui enleva son haubert brillant et léger,
Tout son bliaut[1] il lui a déchiré,
Sur ses grandes plaies il lui en a glissé les morceaux ;
Il l'a serré dans ses bras tout contre sa poitrine,
2175 Sur l'herbe verte il l'a couché doucement.
D'une voix très tendre, Roland lui demande :
« Noble seigneur, donnez-m'en la permission :
Nos compagnons, que nous avons tant aimés,
Les voilà morts, mais nous ne devons pas les laisser ainsi.
2180 Je veux aller les chercher, les reconnaître,
Les réunir et les ranger devant vous. »
L'archevêque dit : « Allez et revenez !
Il est à nous, grâce à Dieu, ce champ de bataille, à vous et à moi. »

162

Roland repart, explore tout seul le champ de bataille,
2185 Parcourt les vals et parcourt les monts.
Là il trouva Gerin et son compagnon Gerier,
Et il trouva aussi Berengier et Oton,
Là il trouva Anseïs et Samson,
Il y trouva Gérard, le vieux, de Roussillon.
2190 L'un après l'autre, il les a pris, le vaillant,
Puis avec eux il est revenu vers l'archevêque,
Et les a mis en rangs, à ses genoux.

---

1. Sorte de robe que les hommes portaient sous leur manteau.

Turpin ne peut se retenir de pleurer,
Il lève la main, il les a bénis,
2195 Et dit alors : « Quel malheur pour vous, seigneurs !
L'âme de chacun, que Dieu le Glorieux la reçoive,
Et qu'il la mette parmi les saintes fleurs au paradis !
Ma propre mort me remplit tant d'angoisse,
Car jamais plus je ne reverrai le puissant empereur. »

163

2200 Roland repart, va chercher encore sur le champ de bataille,
Il a trouvé Olivier son compagnon,
Il l'a serré dans ses bras tout contre sa poitrine,
Vers l'archevêque il revient comme il peut,
Sur un écu il l'a couché avec les autres,
2205 Et l'archevêque l'a absous d'un signe de croix.
Alors redoublent sa douleur et sa pitié,
Et Roland dit : « Beau compagnon Olivier,
Vous qui êtes né fils du puissant duc Renier,
Qui gouvernait la marche du Val de Runers ;
2210 Pour mettre en pièces des écus, pour briser des lances,
Pour faire tomber et confondre les orgueilleux,
Pour conseiller et soutenir les vaillants
Et pour confondre et vaincre les truands,
En nul pays il n'y a meilleur chevalier que vous [1]. »

164

2215 Le comte Roland, quand il voit ses pairs morts,
Et Olivier qu'il aimait tant, ô combien !
Il s'attendrit et commence à pleurer.
Tout son visage en fut décoloré ;
Il souffrait tant qu'il ne pouvait plus rester debout :
2220 Bon gré mal gré, il tombe évanoui à terre.
L'archevêque dit : « Quel dommage pour vous si vaillant ! »

---

1. v. 2207 à 2214 : C'est le motif de la déploration funèbre, ou *planctus*.

165

Quand l'archevêque vit Roland s'évanouir,
Il ressentit la plus grande douleur qu'il eût jamais eue.
Il étendit la main, prit l'olifant.
2225 À Roncevaux, il y a une rivière qui coule ;
Pour en [1] donner à Roland, il veut y aller.
À petits pas il va en chancelant,
Il est si faible qu'il ne peut plus avancer ;
La force lui manque, il a perdu tant de sang.
2230 Le temps d'aller la distance d'un arpent,
Le cœur lui manque et il tombe en avant ;
Sa mort est proche, elle le serre de très près.

166

Le comte Roland reprend ses sens,
Il se redresse, mais souffre vivement.
2235 Puis il regarde en aval, regarde en amont :
Sur l'herbe verte, par-delà ses compagnons,
C'est là qu'il voit le vaillant baron,
Notre archevêque, que Dieu envoya en son nom.
Il lève les yeux, confesse ses péchés,
2240 Joint ses deux mains, les tend vers le ciel,
Et il prie Dieu de lui accorder le paradis.
Turpin est mort, le guerrier de Charles [2].
Par ses grands coups et par ses beaux sermons,
Il fut toujours champion contre les païens.
2245 Dieu lui accorde sa sainte bénédiction !

167

Le comte Roland voit l'archevêque à terre ;
Les entrailles sortent de son corps,

---

1. « en » renvoie à l'idée d'eau, contenue dans le substantif rivière (le texte dit *ewe*, du latin *aqua*). — **2** Toutes ces morts sont parfaitement mises en ordre : l'archevêque a le temps, avant de mourir, de bénir l'ensemble des héros français, y compris Olivier. Roland reste seul : selon les usages de l'époque, un laïc pouvait conférer les derniers sacrements à un mourant, en cas de force majeure (*cf.* Guillaume lors de la mort de Vivien, dans la *Chanson de Guillaume* et dans *Aliscans*).

Et sous son front la cervelle suinte ;
Au beau milieu de sa poitrine,
2250 Il a croisé ses belles mains blanches.
Selon le rite, il commence à faire sa grande plainte
« Noble seigneur, chevalier de haut lignage,
Au Roi de gloire je te recommande aujourd'hui :
Jamais personne ne fera plus volontiers son service.
2255 Il n'y eut pas, depuis les apôtres, un pareil homme de Dieu
Pour maintenir la foi et y attirer les hommes.
Que votre âme vive sans souffrances dans la plénitude,
Et que la porte du paradis lui soit ouverte ! »

168

Roland sent bien que sa mort est proche :
2260 Sa cervelle sort par ses oreilles.
Il prie d'abord pour ses pairs, que Dieu les appelle à lui,
Et pour lui-même ensuite l'ange Gabriel.
Pour éviter tout reproche, il prit l'olifant,
Et Durendal son épée dans l'autre main.
2265 Plus loin encore qu'une portée d'arbalète,
Il se dirige vers l'Espagne, dans un guéret.
En haut d'un tertre, sous deux beaux arbres,
Il y avait quatre blocs taillés dans le marbre.
Sur l'herbe verte, il est tombé à la renverse [1],
2270 Il s'est pâmé, car sa mort est proche.

169

Hauts sont les monts et très hauts les arbres.
Il y avait quatre blocs de marbre brillants.
Sur l'herbe verte, le comte Roland se pâme.
Un Sarrasin ne cesse de l'observer ;
2275 Couché par terre entre les autres, il faisait le mort,
Avait couvert de sang son corps et son visage ;
Il se redresse et arrive en courant.
Il était beau et fort et très courageux,

---

1. V. 2265 à 2269 : Les éléments de décor sont choisis pour leur valeur symbolique.

Dans son orgueil, il fait une folie qui lui sera fatale :
2280 Il porte la main sur Roland et sur ses armes.
Alors il dit : « Le neveu de Charles est vaincu !
J'emporterai cette épée en Arabie. »
Comme il la tirait, le comte reprit quelque peu ses sens.

170

Quand Roland sent qu'on lui enlève son épée,
2285 Il ouvre les yeux, et lui a dit :
« Toi, sauf erreur, tu n'es pas des nôtres ! »
De l'olifant, qu'il ne voulait pas lâcher un instant,
Il l'a frappé sur le heaume aux gemmes serties dans l'or,
Il brise l'acier, le crâne et les os,
2290 Et de la tête lui a fait sortir les deux yeux,
Puis à ses pieds il l'a renversé mort.
Alors il dit : « Vil païen, comment as-tu osé
Porter la main sur moi, à tort ou à raison ?
Nul n'entendra parler de toi qui ne te prenne pour un fou.
2295 Mon olifant en est fendu par le bout,
Et le cristal et l'or en sont tombés. »

171

Quand Roland sent qu'il a perdu la vue,
Il se redresse, rassemble ses forces tant qu'il peut ;
Tout son visage a perdu sa couleur.
2300 Droit devant lui il a vu une pierre :
Plein de chagrin et de dépit, il y frappe dix coups ;
L'acier grince fort, mais ne se brise ni ne s'ébrèche.
« Eh ! dit le comte, sainte Marie, aide-moi !
Eh ! Durendal, quel dommage pour vous si bonne !
2305 Puisque je meurs, je ne me charge plus de vous.
Que de victoires j'ai remportées sur les champs de bataille,
Que de grandes terres j'ai conquises avec vous,
Qui maintenant sont à Charles, à la barbe chenue !
Qu'il ne soit pas couard, celui qui vous possédera ! »

2310 C'est un vaillant qui vous a longtemps tenue.
      En France la sainte, jamais il n'y en aura de tel[1]. »

172

      Roland frappa sur le bloc de sardoine :
      L'acier grince fort, mais ne se rompt ni ne s'ébrèche.
      Quand Roland voit qu'il ne peut la briser,
2315 Tout bas, pour lui, il commence à faire sa plainte :
      « Eh ! Durendal, comme tu es claire et brillante !
      Comme tu flamboies et resplendis au soleil !
      Charles se trouvait aux vallons de Maurienne
      Quand, par son ange, Dieu lui manda du ciel
2320 Qu'il te donnât à un comte qui soit capitaine ;
      Alors le grand, le noble roi, me la ceignit.
      Je lui conquis l'Anjou, la Bretagne avec elle,
      Et lui conquis le Poitou et le Maine,
      Je lui conquis Normandie la franche,
2325 Et lui conquis la Provence et l'Aquitaine,
      La Lombardie et toute la Romagne ;
      Je lui conquis la Bavière et toute la Flandre,
      La Bulgarie et toute la Pologne,
      Constantinople, dont il reçut l'hommage ;
2330 En Saxe aussi il commande à son gré ;
      Je lui conquis l'Écosse et l'Irlande,
      Et l'Angleterre, qu'il possédait en domaine personnel ;
      Et avec elle je lui ai conquis tant de pays et de terres
      Qui maintenant sont à Charles à la barbe blanche.
2335 De cette épée je m'afflige et je m'attriste :
      J'aime mieux mourir que la savoir aux mains des païens ;
      Dieu, notre Père ! épargne cette honte à la France ! »

173

      Roland frappa sur une pierre dure,
      En fait tomber plus que je ne sais vous dire.

---

1. Laisse 171 : Ici commencent deux séries de laisses similaires, qui font progresser lentement l'action vers la mort et l'assomption de Roland. L'effet de ralenti qui en découle accroît la tension dramatique et transforme la narration en un véritable chant.

Roland tente de briser son épée et sonne du cor.
Vitrail de la cathédrale de Chartres, début du XIIIᵉ siècle.

2340 L'épée grince fort, mais ne se casse ni ne se brise,
Haut vers le ciel elle a rebondi.
Quand le comte voit qu'il ne la brisera pas,
Avec tendresse il fait sa plainte tout bas, pour lui :
« Eh ! Durendal, comme tu es belle, et si sainte !
2345 Dans ton pommeau en or, il y a bien des reliques :
De saint Basile du sang, une dent de saint Pierre,
Et des cheveux de monseigneur saint Denis,
Et du vêtement de sainte Marie ;
Il n'est pas juste que des païens te possèdent ;
2350 Par des chrétiens tu dois être servie.
Qu'il ne soit pas couard, celui qui te possédera !
J'aurai par toi conquis de grandes terres
Qui maintenant sont à Charles à la barbe fleurie ;
L'empereur en est célébré et puissant. »

174

2355 Quand Roland sent que la mort s'empare de lui,
Que de la tête elle lui descend au cœur,
Il est allé en courant sous un pin ;
Sur l'herbe verte il s'est couché face contre terre,
Sous lui il met son épée et l'olifant.
2360 Il se tourna, la tête face à l'ennemi païen ;
Et il l'a fait parce qu'il veut à tout prix
Que le roi Charles et tous les siens disent
Du noble comte qu'il est mort en conquérant.
Il bat sa coulpe à petits coups répétés,
2365 Pour ses péchés il présenta à Dieu son gant.

175

Roland sent bien que son temps est fini.
Face à l'Espagne, il est sur un sommet à pic,
Il s'est frappé la poitrine d'une main :
« *Mea culpa*, mon Dieu, devant ta puissance rédemptrice,
2370 Pour mes péchés, les grands et les petits,
Que j'ai commis depuis l'heure où je naquis
Jusqu'à ce jour où me voici frappé à mort ! »

Il a tendu vers Dieu son gant droit :
Du ciel les anges descendent jusqu'à lui[1].

176

2375   Le comte Roland était étendu sous un pin ;
       Face à l'Espagne il a tourné son visage.
       De bien des choses il se prit à se souvenir :
       De tant de terres qu'il avait conquises, le vaillant,
       De France la douce, des hommes de son lignage,
2380   De Charlemagne, son seigneur, qui l'avait élevé ;
       Il ne peut faire qu'il ne pleure ni ne soupire.
       Il ne veut pas, pourtant, s'oublier lui-même,
       Il bat sa coulpe, demande pardon à Dieu :
       « Père véritable, qui restes toujours fidèle,
2385   Qui de la mort ressuscitas saint Lazare,
       Et qui des lions sauvas Daniel,
       Préserve mon âme de tous les périls
       Que, dans ma vie, m'ont valus mes péchés[2] ! »
       Il présenta à Dieu son gant droit,
2390   Et de sa main saint Gabriel l'a reçu.
       Il a laissé pencher sa tête sur son bras,
       Et, les mains jointes, il est allé à sa fin.
       Dieu envoya son ange Chérubin,
       Et saint Michel du Péril de la Mer,
2395   Et, avec eux, y vint saint Gabriel ;
       Au paradis ils emportent l'âme du comte.

---

1. Roland est le seul héros épique à être en contact immédiat avec Dieu ; la solitude de sa mort est tempérée par la présence des anges. Le don du gant à Dieu rappelle une forme d'investiture du vassal par le seigneur : par ce geste, Roland se remet entre les mains de Dieu, son Seigneur céleste. — **2.** On a là un exemple du motif rhétorique de la prière du plus grand péril, que les héros prononcent lorsque leur vie est en danger, et qui est une synthèse du Credo et d'éléments divers de l'Ancien ou du Nouveau Testament. On a pu la rapprocher de la « prière pour les agonisants », définie par la liturgie (en latin) : « Délivre son âme, Seigneur, comme tu as délivré Daniel de la fosse aux lions [...]. Délivre son âme, Seigneur, comme tu as délivré Lazare du tombeau [...]. Accourez, anges du Seigneur, pour emporter son âme [...]. »

Mort de Roland : illustration d'un manuscrit italien
du XIVe siècle dans la chanson de geste de *L'Entrée
d'Espagne.*

Venise, Bibliothèque Marciana.

177

Roland est mort ; Dieu a son âme aux cieux.
L'empereur parvient à Roncevaux.
Pas un chemin, pas un sentier,
2400 Pas d'espace vide, pas une aune, pas un pied de terre
Où il n'y ait un Franc ou un païen.
Le roi s'écrie : « Où êtes-vous, beau neveu,
Et l'archevêque, et le comte Olivier ?
Où est Gerin, et son compagnon Gerier ?
2405 Où est Oton et le comte Berengier,
Ivon, Ivoire que j'aimais tant ?
Qu'est devenu le Gascon Engelier,
Le duc Samson, le féroce Anseïs ?
Où est Gérard, le vieux, de Roussillon,
2410 Et les douze Pairs que j'avais laissés ici ? »
Mais à quoi bon, puisque personne ne répondit ?
« Dieu ! dit le roi, j'ai tant à me reprocher !
Que n'ai-je été au début de la bataille ? »
Il tire sa barbe comme un homme désespéré.
2415 Ses chevaliers vaillants pleurent de leurs yeux :
Vingt mille d'entre eux tombent par terre évanouis,
Et le duc Naimes est rempli de pitié.

178

Il n'est seigneur ni chevalier
Qui de pitié ne pleure amèrement :
2420 Ils pleurent leurs fils, leurs frères, leurs neveux,
Et leurs amis, et leurs seigneurs liges ;
La plupart tombent évanouis par terre.
Mais le duc Naimes s'est conduit en preux,
Et, le premier, il a dit à l'empereur :
2425 « Regardez là, à deux lieues devant nous
Vous pouvez voir la poussière qui s'élève des grands chemins,
De la grande foule de l'armée des païens.
Chevauchez donc ! Vengez cette douleur ! »
« Eh ! Dieu ! dit Charles, ils sont déjà si loin de nous ;
2430 Accordez-moi la justice et l'honneur ;

De France la douce ils m'ont enlevé la fleur. »
À Gebuin et à Oton le roi donne ses ordres,
Au comte Milon et à Thibaud de Reims :
« Gardez le champ, les vals et les monts !
2435   Laissez les morts étendus comme ils sont ;
Que n'y touche ni bête ni lion,
Qu'aucun écuyer ni servant n'y touche,
Je vous défends que personne y touche
Jusqu'à ce que Dieu nous permette de revenir ici[1]. »
2440   Ceux-ci répondent avec douceur et amour[2] :
« Mon juste empereur, cher sire, ainsi ferons-nous ! »
Ils gardent avec eux mille de leurs chevaliers.

179

L'empereur a fait sonner ses clairons,
Puis il chevauche, le vaillant, avec sa grande armée.
2445   De ceux d'Espagne ils ont retrouvé les traces,
Ils les poursuivent, tous d'un commun accord.
Quand le roi voit que le soleil décline,
Sur l'herbe verte dans un pré il descend de cheval,
Se couche à terre, et prie le Seigneur
2450   Qu'il fasse pour lui arrêter le soleil[3],
Et qu'il retarde pour lui la nuit et prolonge le jour.
Voici venir à lui l'ange qui lui parle de coutume,
Qui aussitôt lui donne cet ordre :
« Charles, chevauche, car la clarté ne te manque pas !
2455   La fleur de France, Dieu sait que tu l'as perdue,
Mais tu peux bien te venger de cette race d'impies. »
Et à ces mots l'empereur est remonté à cheval.

---

1. Charlemagne, grâce à ces mesures de protection, pourra remplir ses devoirs funèbres envers ses morts après la victoire définitive sur Marsile (laisses 211 à 213) ; c'est à ce moment qu'il découvrira le cadavre de Roland et manifestera une affliction sans pareille (laisses 205 à 210). Le poète est particulièrement attentif à tout ce qui engage le destin spirituel des héros. — **2.** L'amour est la relation réciproque qui unit idéalement le roi et ses sujets, et particulièrement ses vassaux. Ce concept politique survivra jusqu'au XIXe siècle : Louis XVIII l'utilise encore. — **3.** C'était là le miracle dont Dieu avait fait profiter Josué, dans la Bible (Josué, X, 13), lorsque celui-ci poursuivait les Amoréens. C'est un aspect du grandissement épique, mais la signification idéologique est tout aussi importante : les Francs sont le nouveau peuple élu.

180

Pour Charlemagne, Dieu fit un grand miracle,
Car le soleil s'est arrêté, immobile.
2460 Les païens fuient, les Francs les poursuivent grand train.
À Val-Ténèbres ils les rejoignent,
Vers Saragosse ils les refoulent de vive force,
Ils les massacrent à coups acharnés,
Leur coupent la route et les principaux passages. [...]

Le retour de Charlemagne et le service funèbre

204

2855 À Roncevaux Charles est entré,
Et pour les morts qu'il trouve, il se met à pleurer.
« Seigneurs, dit-il aux Français, allez au pas ;
Je dois moi-même aller en avant
Chercher mon neveu que je voudrais trouver.
2860 J'étais à Aix, à une fête solennelle [1] :
Mes chevaliers, les vaillants, se vantaient
De grandes batailles, de rudes assauts en plein champ ;
J'ai entendu Roland s'exprimer ainsi :
Il ne mourrait jamais en royaume étranger
2865 Qu'il ne se mît en avant de ses hommes, de ses pairs,
Et il aurait la tête tournée vers le pays ennemi,
Il finirait ses jours en vaillant conquérant. »
Plus loin encore qu'on ne peut lancer un bâton,
Devant les autres Charles a gravi une hauteur.

205

2870 Comme l'empereur part à la recherche de son neveu,
Dans l'herbe du pré il trouve tant de fleurs

---

1. On remarque ici la vigueur particulière de la parataxe, alors que l'empereur
se livre à une digression. Aix : Aix-la-Chapelle, capitale de l'empire de Charlemagne.

Qui sont vermeilles du sang de nos barons !
Pris de pitié, il ne peut s'empêcher de pleurer.
Charles arriva sous deux arbres,
2875 Et reconnut les coups de Roland sur trois blocs de marbre ;
Sur l'herbe verte il voit son neveu étendu.
Rien d'étonnant à ce que Charles soit au désespoir ;
De son cheval il descend, se précipite,
Il prend le comte entre ses deux bras ;
2880 Il s'évanouit sur lui, tant il est étreint par l'angoisse[1].

206

L'empereur revient de sa pâmoison.
C'est le duc Naimes et le comte Acelin,
Geoffroi d'Anjou et son frère Thierry[2]
Qui prennent le roi, l'adossent à un pin.
2885 Il baisse les yeux, voit son neveu étendu,
Avec tendresse il se met à le regretter :
« Ami Roland, que Dieu ait pitié de toi !
Jamais personne ne vit un tel chevalier
Pour engager et mener à bien de grandes batailles !
2890 Vers le déclin mon honneur a tourné. »
Charles s'évanouit, il ne peut s'en garder.

207

Charles le roi revient de pâmoison.
Quatre barons le soutiennent de leurs mains ;
Il baisse les yeux, voit son neveu étendu :

---

1. Les manifestations extérieures de la douleur sont beaucoup plus violentes au Moyen Âge, et les plus grands héros connaissent les larmes et les pâmoisons, sans qu'il faille y voir un signe de faiblesse coupable ou dévalorisante. — **2.** La présence de Geoffroi d'Anjou, ancêtre des Plantagenêts, parmi les proches de Charlemagne, invite à penser que le texte a été remanié dans une perspective favorable à cette maison, rivale, au XIIe siècle, de celle des rois de France.

2895 Il a le corps indemne, mais a perdu sa couleur[1],
Il a les yeux retournés, tout remplis de ténèbres.
En toute foi et tout amour Charles le plaint :
« Ami Roland, que Dieu mette ton âme parmi les fleurs
Au paradis, avec les saints de gloire !
2900 Ce fut, seigneur, pour ton malheur que tu vins en Espagne !
Je ne serai jamais un seul jour sans souffrir pour toi.
Comme vont déchoir ma force et mon ardeur !
Pour soutenir mon honneur, je n'aurai plus personne ;
Je pense qu'au monde je n'ai plus aucun ami ;
2905 J'ai des parents, mais aucun n'est aussi vaillant. »
Et à pleines mains il s'arrache les cheveux.
Cent mille Français ont un si vif chagrin
Qu'il n'en est nul qui ne pleure à chaudes larmes.

208

« Ami Roland, je m'en irai en France :
2910 Quand je serai à Laon, dans mon domaine[2],
Des étrangers viendront de plusieurs royaumes
Me demander : "Où est le comte capitaine ?"
Je leur dirai qu'il est mort en Espagne.
C'est désormais dans la douleur que je gouvernerai mon
[royaume ;
2915 Je ne serai jamais un seul jour sans pleurer ni me plaindre. »

209

« Ami Roland, preux chevalier, belle jeunesse,
Quand je serai à Aix, dans ma chapelle,
Les hommes viendront me demander des nouvelles ;
Je leur en donnerai d'effroyables et de funestes :
2920 "Il est mort, mon neveu, qui me conquit tant de terres."
Et contre moi se révolteront les Saxons,
Et les Hongrois, les Bulgares, et tant d'autres mécréants,

---

1. Au vers 2260, la cervelle sortait par les oreilles de Roland. Mais le texte ne se veut ni réaliste, ni cohérent : il s'agit ici de témoigner de la beauté et de l'intégrité du corps de Roland, preuves de sa sainteté. **2.** Laon était l'une des grandes abbayes liées au pouvoir carolingien.

Les gens de Rome, de la Pouille, tous ceux de Palerme
Et ceux d'Afrique et ceux de Califerne [1] ;
2925 Pour moi viendront les souffrances et les peines.
Qui conduira mes armées avec tant de puissance
Puisque est mort celui qui a toujours été notre chef ?
Eh ! France la douce, comme tu es démunie à présent !
Je souffre tant que je voudrais ne plus vivre ! »
2930 Sa barbe blanche, il commence à l'arracher,
Et à deux mains les cheveux de sa tête.
Cent mille Français tombent par terre évanouis.

210

« Ami Roland, quel malheur, ta courte vie !
Que ton âme ait place au paradis !
2935 Il a déshonoré la douce France, celui qui t'a tué.
Je souffre tant que je voudrais ne plus vivre,
Pour mes vassaux qui ont été tués pour moi !
Que Dieu m'accorde, le fils de sainte Marie,
Dès aujourd'hui, avant d'être aux grands cols de Cize,
2940 Que de mon corps mon âme soit séparée,
Qu'elle soit placée et mise parmi les leurs,
Et que ma chair soit enfouie à leurs côtés ! »
Et de ses yeux il pleure, tire sa barbe blanche.
Le duc Naimes dit : « Charles est bien affligé. »

211

2945 « Sire, mon empereur, dit Geoffroi d'Anjou,
Ne laissez pas voir tant de douleur !
Par tout le champ, faites chercher les nôtres
Que ceux d'Espagne ont tués dans la bataille,
Et commandez qu'on les porte dans une même fosse [2]. »
2950 Le roi lui dit : « Sonnez donc votre cor ! »

---

1. Charlemagne cite pêle-mêle des peuples païens (Saxons, Hongrois, Bulga-res, peuples d'Afrique et de *Califerne*, qui est peut-être une île de l'Orient où vivent les Amazones) et des terres chrétiennes (Rome, Pouille) : le désespoir amplifie son pessimisme et lui fait envisager une conjuration du monde entier contre lui. — **2.** Il appartenait à la fonction royale de veiller à l'accomplissement exact des rites funéraires comme de tous les autres rites : le Charlemagne histori-que était le gardien des obligations religieuses, et tout roi était considéré comme responsable du salut éternel de son peuple.

Charlemagne retrouve le corps de Roland.

Enluminure du manuscrit des *Grandes Chroniques de France* exécutée par Jean Fouquet vers 1460. B.N. Ms. Fr. 6465 fol.113.

212

Geoffroi d'Anjou a sonné son clairon.
Les Francs descendent de cheval, Charles l'a commandé.
Tous leurs amis qu'ils ont trouvés morts,
Dans une même fosse ils les ont aussitôt portés.
2955 Il y a là bon nombre d'évêques et d'abbés,
Moines et chanoines, et prêtres tonsurés,
Et de par Dieu ils les ont absous et bénis.
Ils font brûler de la myrrhe et de l'encens,
Ils les ont tous encensés avec cérémonie,
2960 Et enterrés ensuite en grande pompe,
Et puis laissés ; que feraient-ils d'autre ?

213

L'empereur fait faire la toilette de Roland
Et d'Olivier et de l'archevêque Turpin :
Il les a fait tous trois ouvrir devant lui,
2965 Dans une étoffe de soie il a fait recueillir leurs cœurs [1],
Dans un cercueil de marbre blanc ils sont placés.
Puis ils ont pris les corps des trois barons,
Ils les ont mis, les seigneurs, dans des peaux de cerf,
Tous bien lavés d'aromates et de vin.
2970 Le roi commande à Thibaud et à Gebuin,
Au comte Milon et au marquis Oton :
« Conduisez-les sur trois charrettes le long du chemin [2] ! »
Ils sont couverts d'un drap de soie de Galaza.

---

1. La coutume était de séparer le cœur de la dépouille des grands, et de le conserver comme une relique dans un réceptacle en marbre ou en métal précieux. — **2.** Après la grande bataille au cours de laquelle Charlemagne va affronter victorieusement l'émir Baligant, chef suprême des Sarrasins, le cortège s'acheminera vers la France et déposera dans l'église Saint-Romain de Blaye les corps de Roland, d'Olivier et de Turpin (v. 3689-3693).

LA MORT DE VIVIEN

CHANSON DE GUILLAUME

La mort de Vivien : premier récit (G1)

49

Les Français s'en vont au détour d'une butte ;
Ils contemplent devant eux les plaines et leur beauté ;
En cet endroit ils ne peuvent voir de terre
Qui ne soit couverte de cette sale engeance ennemie ;
610 Epées et heaumes brillent partout d'un éclat brun.
Quand ils comprennent qu'il n'y a rien à faire
Et qu'ils ne sortiront pas vivants de la mêlée,
Ils tournent bride et reviennent vers Vivien.
Ils s'approchent du comte et lui disent du fond du cœur :
615 « Seigneur Vivien, sais-tu comment nous nous comporterons ? »
Le comte répond : « Je vous écoute. »
« Si tu t'en vas, nous partirons aussi ;
Si tu livres combat, nous nous battrons aussi.
Quoi que tu fasses, nous t'accompagnerons. »
620 Vivien répond : « Mille mercis, barons ! »
Puis il se tourne vers Girart, son compagnon ;
Il lui adresse la parole à sa manière :

50

« Girart, cher ami, es-tu sain et sauf ? »
« Oui, dit-il, je n'ai aucune blessure. »

625 « Dis-moi donc, Girart, comment sont tes armes ? »
    « Par ma foi, seigneur, elles sont bonnes et maniables,
    Dignes d'un homme qui s'est souvent battu,
    Et qui, en cas de besoin, est prêt à se battre encore. »

51

    « Dis donc, Girart, te sens-tu quelque vigueur ? »
630 L'autre répond qu'il ne fut jamais plus vigoureux.
    « Dis donc, Girart, comment est ton cheval ? »
    « Il s'élance vite et se tient bien droit. »
    « Girard, cher ami, oserais-je te demander
    D'aller voir de ma part Guillaume, la nuit tombée ?
635 Va, dis de ma part à mon oncle Guillaume
    Qu'il se souvienne de la bataille de Saragosse,
    Où il s'était battu contre le païen Alderufe ;
    Il le sait bien, les Hongrois l'avaient vaincu.
    Je vins sur place avec trois cents de mes hommes ;
640 Je m'écriai : "Monjoie !" pour éclaircir les rangs ;
    J'ai permis à mon oncle de remporter cette victoire ;
    Je tuai le païen Alderufe
    Et coupai la tête aux douze fils de Borel.
    Je pris au roi ce grand bouclier renforcé ;
645 Je le ravis ce jour-là à un Hongrois
    Et le donnai à mon oncle Guillaume,
    Qui en fit don à Tiébaut, le comte lâche,
    Mais à présent il pend au cou d'un vrai guerrier[1].
    Qu'avec ces garanties[2] il vienne me secourir. »

52

650 « Girart, mon cousin, dis-lui, sans rien omettre,
    De se souvenir de la cité de Limenes[3],

---

    1. La référence à des exploits passés permet d'insérer la chanson dans une tem-
poralité qui la dépasse, de lui donner une épaisseur et, plus encore, de lui conférer
une dimension historique (même si celle-ci est, à nos yeux, fictive). Le personnage
de Vivien, de surcroît, se présente ainsi avec un passé qui lui donne d'emblée un
statut de héros épique majeur. — **2.** Le rappel de ces événements, que Vivien seul
connaît, doit servir de preuve, pour Guillaume, que le messager est bien envoyé par
son neveu. Ce procédé de reconnaissance est fréquent dans l'univers épique.
— **3.** En Angleterre. La *Chanson de Roland* fait une rapide allusion à une conquête
de l'Angleterre par Charlemagne, mais Vivien appartient à la génération suivante.

Du grand port sur le bord de la mer,
Et de Fluri que je pris d'assaut.
Qu'il vienne à mon secours pour une bataille rangée. »

53

655　« Sais-tu ce que tu diras à Guillaume, le fidèle ?
Qu'il se rappelle le combat contre le roi Turlen,
Où je menai trente-trois assauts contre lui ;
Je fis prisonniers pour lui [1] plus de cent cinquante
Sarrasins parmi les plus puissants.
660　Un jour de déroute, quand Louis prenait la fuite,
Je montai sur la butte avec deux cents fidèles ;
En criant : "Monjoie !" je lui donnai la victoire.
Ce jour-là je perdis Raher, un de mes fidèles ;
Lorsque je m'en souviens, l'affliction m'envahit.
665　Qu'il vienne m'aider dans cette détresse qui m'accable ! »

54

« Sais-tu ce que tu diras à Guillaume, le noble valeureux ?
Qu'il se souvienne de la grande bataille,
Devant Orange, contre Tiébaut le Timonnier.
Dans la bataille qu'ont remportée les Francs,
670　Je montai sur la butte avec Bernard de Brubant ;
C'est mon oncle, et un guerrier très valeureux ;
Le comte Bertrand m'accompagnait,
L'un des meilleurs de notre grand lignage ;
En criant : "Dieu avec nous !" et le cri de guerre des Normands,
675　Je lui fis remporter la victoire sur le champ de bataille.
C'est là que je tuai pour lui Tiébaut le Timonnier.
Qu'il vienne à mon aide sur les terres de l'Archant,
Et me porte secours dans cette terrible douleur ! »

---

1. C'est-à-dire pour Guillaume, bien entendu.

55

« Sais-tu ce que tu diras à Guiot, mon petit frère ?
680 Il a quinze ans aujourd'hui, et ne devrait pas ceindre l'épée.
Mais il va la ceindre pour secourir le fils de sa mère.
Qu'il vienne m'aider en pays étranger. »

56

« Sais-tu ce que tu diras à Guibourc, que je chéris ?
Qu'elle se souvienne de toutes les attentions
685 Dont elle m'a entouré depuis plus de quinze ans.
Faites en sorte à présent, au nom de Dieu, qu'elles ne soient
                                                    [pas perdues,
Et qu'elle m'envoie son époux à mon secours.
Si elle ne m'envoie pas le comte, je ne souhaite personne
                                                    [d'autre. »

57

« Hélas ! dit Girart, je t'abandonne bien malgré moi ! »
690 « Tais-toi, noble guerrier, ne dis pas cela ! C'est pour me
                                                    [sauver ! »
Alors se séparèrent les deux proches parents.
Grande est leur douleur, ils ne songent ni à jouer ni à rire ;
Leurs yeux répandent de douces larmes sur leurs visages,
Lundi au soir[1].
695 Dieu, pourquoi se sont-ils séparés dans une bataille douloureuse ?

58

Girart s'en va par le détour d'une butte ;
Sur cinq lieues il traverse des rangs si serrés
Qu'il ne peut parcourir un seul arpent de terre
Sans avoir à abattre un Sarrasin de sa selle,
700 Ou à trancher des pieds, des poings ou des têtes.

---

1. Cette formule, *lundi al vespre*, avec ses variantes *(lores fu mercresdi)*, est une forme de refrain qui demeure énigmatique, malgré les efforts de la critique.

Et à peine était-il sorti de la mêlée
Que son bon cheval s'effondra, mort, sous lui.

59

Quand Girart eut quitté le douloureux champ de bataille,
Son cheval s'effondra, mort, sous sa selle.
705 Le pays était ravagé sur plus de quinze lieues ;
Il ne rencontra âme qui vive,
Ni cheval qu'il pût enfourcher.
Il a quitté à pied le douloureux champ de bataille ;
Grande était la chaleur comme en mai, au printemps,
710 Et longs les jours ; il n'avait pas mangé depuis trois jours,
Et il était près de mourir de soif.
Sur quinze lieues il n'y avait ni gué ni ruisseau,
Excepté l'eau salée de la mer, derrière lui.
Alors ses armes commencèrent à se faire pesantes,
715 Et Girart se mit à s'irriter contre elles :

60

« Hélas, grosse hampe, comme tu es lourde pour mon bras !
Tu ne me permettras pas d'aider Vivien à l'Archant,
Lui qui se bat dans de terribles souffrances. »
Et il la jette à terre.

61

720 « Hélas, large bouclier, comme tu es lourd à mon cou !
Tu ne permettras pas de sauver Vivien de la mort. »
Il le jeta à terre après l'avoir ôté de son dos.

62

« Hélas, heaume solide, comme tu me serres le crâne !
Tu ne me permettras pas d'aider Vivien dans la mêlée,

725 Lui qui se bat sur l'herbe de l'Archant. »
     Il le lança avec force contre terre.

63

     « Hélas, grande broigne [1], comme tu te fais pesante !
     Tu ne me permettras pas d'aider Vivien à l'Archant
     Où il se bat dans de terribles souffrances. »
730 Il s'en est dévêtu et l'a jetée à terre.
     Le noble combattant s'est séparé de toutes ses armes,
     Sauf de son épée à la lame d'acier,
     Toute rougie jusqu'à la garde,
     Le fourreau plein de foie et de sang.
735 Il la tient nue, s'appuyant sur elle,
     La pointe contre le sol.
     Tout le jour il poursuit sa route sur de bons chemins,
     Descend de vastes coteaux à toute vitesse,
     Monte aisément sur de hautes collines,
740 Son épée nue au poing,
     S'appuyant sur sa pointe.
     C'est lui qui a parlé à Guillaume de l'Archant
     Où Vivien se bat dans de terribles souffrances.
     Il n'a plus que vingt hommes avec lui à l'Archant.
745 Vivien se bat devant eux, au premier rang,
     Et il massacre sur place mille Sarrasins.

64

     Le comte Vivien perdit dix de ses vingt hommes ;
     Les survivants lui disent : « Ami, qu'allons-nous faire ? »
     « Seigneurs, au nom de Dieu, vous voyez bien
750 Que j'ai envoyé Girart parler de cette bataille ;
     Bientôt viendra Guillaume ou Louis ;
     Que ce soit l'un ou l'autre, nous vaincrons les Arabes. »
     Et ils répondent : « Avec joie, vaillant marquis. »
     Avec ses dix hommes il remonte à l'assaut.
755 Les païens le mettent dans une situation désespérée :

----

1. *Cf.* la note 1 de la page 26.

Ils ne laissent en vie aucun de ses dix hommes.
Il reste seul à résister avec son écu,
Lundi au soir,
Il reste seul avec son écu au cœur de la mêlée.

65

760　Une fois demeuré seul survivant au combat,
　　　Il ne cesse de harceler l'ennemi.
　　　Avec sa seule lance il en abat cent.
　　　Les païens disent : « Jamais nous ne le vaincrons
　　　Tant que son cheval sera en vie.
765　Jamais nous ne vaincrons le noble guerrier,
　　　Si nous lui laissons son cheval vivant.
　　　Alors ils le forcèrent par monts et par vaux
　　　Comme une bête sauvage traquée dans une embuscade.
　　　Une compagnie surgit sur un terrain dégagé :
770　On lui lança tant de javelots et de dards tranchants
　　　Qui s'abattaient sur son cheval,
　　　Que les hampes à elles seules auraient chargé un char.
　　　Un Berbère déboucha d'un vallon,
　　　Monté sur un cheval rapide,
775　Et tenant dans son poing droit un dard tranchant.
　　　Il le balança trois fois avant de le lancer,
　　　Et lui toucha sa broigne au côté gauche,
　　　Faisant tomber trente mailles.
　　　De son dard, il lui fit une grande plaie,
780　Et l'enseigne blanche échappa de son bras droit.
　　　Plus jamais il ne put la relever,
　　　Lundi au soir,
　　　Plus jamais il ne put la relever de terre.

66

　　　Il porta sa main derrière son dos,
785　Trouva la hampe, et retira le dard de son corps.
　　　Il frappa le païen dans le dos, sur la broigne,
　　　Et le fer lui transperça complètement l'échine.
　　　De ce coup, il l'a renversé raide mort.

« Va-t'en, débauché, misérable Berbère ! »
790 Voilà ce que lui a dit Vivien, le jeune homme :
« Tu ne retourneras pas dans le royaume d'où tu es venu,
Et tu n'auras jamais l'occasion de te vanter
D'avoir tué le guerrier de Louis ! »
Puis il tire l'épée et se met à frapper.
795 Les coups qu'il donne sur le haubert ou sur le heaume
Ne s'arrêtent jamais avant d'atteindre la terre.
« Sainte Marie, jeune fille vierge,
Envoyez-moi, Dame, Louis ou Guillaume. »
Vivien prononça cette prière dans la mêlée.

67

800 « Dieu, Roi de gloire, qui m'as fait naître,
Toi, Seigneur, qui fus engendré en la sainte Vierge,
Tu fus un en trois personnes,
Et tu fus supplicié sur la Sainte Croix pour les pécheurs ;
Tu fis le ciel et la terre, la terre et la mer,
805 Le soleil et la lune, ordonnant toutes ces choses,
Et tu créas Adam et Ève pour fonder le monde.
Aussi vrai, Seigneur, que tu es le vrai Dieu,
Fais en sorte, Seigneur, par ta sainte bonté,
Que mon cœur ne connaisse jamais la faiblesse
810 De fuir même d'un pied par crainte de mourir[1].
Fais-moi respecter mon serment jusqu'à la mort,
Dieu ! Que je ne le trahisse pas, par ta sainte bonté ! »

68

« Sainte Marie, mère de Dieu,
Aussi vrai que tu as porté Dieu dans tes entrailles,
815 Protège-moi dans ta sainte miséricorde,
Que ces maudits Sarrasins ne me tuent pas ! »
À peine l'avait-il dit que le guerrier s'en repentait :
« Voilà bien des propos de fou et de misérable :

---

1. C'est là une reprise, dans un contexte désespéré, du vœu de Vivien, qui confondait courage et démesure. Le vœu est une donnée antérieure au temps de l'histoire : il sera mis en scène, ultérieurement, dans la *Chevalerie Vivien*.

Je pensais à protéger ma carcasse de la mort,
820 Alors que Dieu ne l'a pas fait pour lui-même
Quand il a enduré la mort sur la Sainte Croix,
Pour nous racheter de nos ennemis mortels.
Je n'ai pas le droit, Seigneur, de te demander d'échapper à la mort,
Car tu n'as pas voulu te l'épargner à toi-même.
825 Envoie-moi, Seigneur, Guillaume au Nez Courbe,
Ou Louis, qui gouverne la France.
Grâce à lui, nous vaincrons dans cette bataille rangée.
Dieu, comme un homme peut être semblable à un autre !
Je ne dis pas cela pour Guillaume au Court Nez ;
830 Je suis très fort, et j'ai de la hardiesse,
Je puis bien l'égaler en prouesse guerrière ;
Mais il a montré sa valeur depuis plus longtemps ;
Ainsi, s'il avait été à l'Archant sur la mer,
Il aurait remporté la bataille rangée
835 (Hélas, malheureux, je suis à bout de forces !),
Lundi au soir,
Que m'impose cette engeance ennemie. »

69

Il faisait très chaud, comme toujours en mai, au printemps,
Et les journées étaient longues, et il n'avait pas mangé depuis
                                        [trois jours.
840 La faim le tenaillait, insupportable,
Et la soif était terrible — un vrai supplice.
Son sang jaillit tout clair de sa bouche
Et de la plaie qu'il a au côté gauche.
L'eau est bien loin, il ne peut en trouver ;
845 Sur quinze lieues il n'y avait source ni gué,
Rien que l'eau salée de la mer.
Cependant, à travers le champ de bataille un ruisseau boueux
S'écoule d'un rocher très proche de la mer.
Les Sarrasins l'ont troublé avec leurs chevaux :
850 Il était tout souillé de sang et de cervelle.
L'illustre Vivien y accourut ;
Il se pencha sur l'eau salée du gué,
Et en but plus qu'il ne l'aurait souhaité.

Les ennemis lui lancent leurs javelines toutes prêtes,
855 Et le criblent de coups sur le sable où il gît [1].
La broigne était résistante, ils ne purent l'entamer :
Elle protégea toute la largeur de ses flancs,
Mais ils ont blessé le comte aux jambes, aux bras,
Et en plus de vingt autres endroits.
860 Il se redresse alors comme un sanglier furieux,
Et tire son épée qui pend au côté gauche.
Alors Vivien se défend en vrai guerrier.
Ils le malmènent comme des chiens agacent un sanglier puissant.
L'eau de la mer qu'il avait bue était salée,
865 Il la rejette, ne pouvant la supporter ;
Il la rend violemment par la bouche et par le nez ;
L'angoisse l'étreint, ses yeux se troublent.
Il ne peut plus avancer qu'en aveugle.
Les païens se mettent à le harceler sans relâche,
870 Les combattants l'assaillent de toutes parts,
Lui lancent des javelines et des dards d'acier tranchants ;
Ils mettent si bien en pièces son écu écartelé [2]
Que le comte ne peut plus en protéger sa tête ;
Il tombe à terre à ses pieds.
875 Les païens commencent à s'acharner sur lui,
Et à épuiser ses forces.

70

Ils le criblent de javelines et de dards acérés,
Et mettent à mal autour du comte son haubert ;
L'acier puissant tranche le mince fer :
880 Toute sa poitrine se couvre de petites mailles.
Ses entrailles se répandent sur le sol.
Il sent bien que sa fin est proche.
Alors il supplie Dieu d'avoir pitié de lui.

---

1. Le martyre de Vivien rappelle ici la Passion du Christ : celui-ci, ayant eu soif (« *Sitio* »), avait été désaltéré avec une éponge imbibée de vinaigre (Matthieu, XXVII, 48), avant d'avoir le flanc transpercé par la lance de Longin. — **2.** Il s'agit ici d'un terme de blason : l'écu est partagé en quatre secteurs, ou *quartiers*. L'expression *escu de quartier* est une formule épique stéréotypée, concurrente de l'*escu a lion*, c'est-à-dire orné d'un lion héraldique.

71

Vivien parcourt à pied le champ de bataille,
885 Son heaume tombe par-devant sur son nasal,
Et ses boyaux traînent entre ses pieds :
Il s'efforce de les maintenir de son bras gauche.
Il tient dans sa main droite une épée d'acier
Toute rougie jusqu'à la garde ;
890 Le fourreau est rempli de foie et de sang ;
Il marche, s'appuyant constamment sur sa pointe.
La mort l'oppresse terriblement,
Et son épée lui sert de soutien.
De toutes ses forces il supplie Dieu le Tout-Puissant
895 De lui envoyer Guillaume, le valeureux Franc,
Ou Louis, le puissant roi guerrier :

72

« Vrai Dieu de gloire, qui demeures en Trinité,
Et qui as repris chair dans la Vierge,
Qui règnes en trois personnes
900 Et t'es laissé, Seigneur, supplicier sur la Sainte Croix,
Protège-moi, Père, par ta bonté divine :
Fais que jamais ne me vienne l'envie
De fuir de la longueur d'un pied dans la bataille.
Permets-moi d'être fidèle à ma foi jusqu'à la mort ;
905 Dieu, par ta bonté divine, puissé-je ne pas la trahir !
Envoyez-moi, Seigneur, Guillaume au Nez Courbe ;
Il s'y connaît en batailles rangées,
Et sait comment en demeurer maître. »

73

« Seigneur Dieu, Père glorieux et puissant,
910 Fais qu'aucun événement extérieur
Ne me contraigne à accepter l'idée
De fuir de la longueur d'un pied par crainte de la mort. »
Un Berbère surgit d'un vallon,
Lancé à pleine vitesse sur un cheval rapide.

915 Il frappe à la tête le noble guerrier
Au point que sa cervelle se répand.
Le Berbère surgit à toute vitesse,
Monté sur un grand destrier,
Tenant dans sa main droite un dard d'acier tranchant.
920 Il frappe à la tête le valeureux chevalier,
Au point que sa cervelle se répand sur l'herbe [1] :
Il fait tomber le chevalier sur les genoux.
Quel malheur de voir tomber pareil guerrier !
Les païens fondent sur lui de toutes parts,
925 Et le mettent en pièces sur le sable.
Ne voulant pas le laisser là, ils l'emportent avec eux
Et le déposent sous un arbre, près d'un sentier,
Car ils ne veulent pas que des chrétiens puissent le trouver [2].

---

1. La répétition du motif, avec de légères variations, est un fait esthétique plutôt qu'une négligence : c'est une forme de parallélisme interne à une laisse. — **2.** C'est le drame suprême : Vivien, ainsi, ne devrait même pas recevoir de sépulture en terre chrétienne. Comparer avec la *Chanson de Roland*, v. 1746-1751.

Des chevaliers chrétiens remercient la Vierge pour
une victoire remportée sur des Sarrasins.
Manuscrit espagnol.

La mort de Vivien : deuxième récit (G2)

131

Le comte Guillaume chevauche sur le champ de bataille,
Plein de tristesse et de fureur ;
Il arrache les lacets de son heaume brillant
Qui s'incline fortement vers le sol ;
1985 Sa bonne enseigne est teinte de sang vermeil.
Il constate le grand désastre des siens ;
Guiot le suit de loin.
Il trouve Vivien au bord d'un étang,
Près d'une fontaine dont les eaux murmurent,
1990 Sous le feuillage d'un immense olivier,
Ses blanches mains croisées sur le côté[1] ;
Nulle épice, nul piment n'a plus suave parfum[2].
Son corps était criblé de quinze plaies profondes :
La moindre d'entre elles aurait fait mourir un émir,
1995 Un roi, ou un comte, si puissant fût-il.
Puis Guillaume prononce de douloureux regrets :
« Vivien, seigneur, à quoi ont servi ta hardiesse,
Ta vaillance, ta prouesse, ta sagesse !
Maintenant que tu es mort, je n'ai plus de parent de valeur ;
2000 De toute ma vie je n'en trouverai pas de semblable ! »

132

« Seigneur Vivien, à quoi bon ta belle jeunesse,
Ton noble corps et tes tendres joues !
Je t'avais adoubé dans mon palais, à Termes,
Et donné, en ton honneur, à cent chevaliers des heaumes,
2005 Des épées, des boucliers tout neufs.
Vous voilà mort ici, à l'Archant, dans la foule,
Votre corps et votre blanche poitrine mutilés,
Avec tous ceux qui sont morts dans la mêlée.

---

1. On remarquera que ces indications sont incompatibles avec celles des
v. 925-928. C'est bien une seconde version de la mort de Vivien qui commence
ici. — **2.** *Cf.* la note 3 de la page 120.

Que leur soit miséricordieux le vrai Père
2010 Qui demeure là-haut, et nous mène ici-bas ! »

133

Près de la fontaine dont les eaux murmurent,
Sous le feuillage d'un grand olivier,
Le preux Guillaume a trouvé le comte Vivien.
Son corps était meurtri de quinze plaies telles
2015 Que la moindre aurait fait mourir un émir.
Il prononce alors des regrets doux et tendres :
« Seigneur Vivien, à quoi bon ta valeur,
Ton courage, que Dieu t'avait donné ?
Il n'y a pas bien longtemps que l'on t'a adoubé,
2020 Et que tu as fait le serment au Seigneur Dieu
De ne pas fuir dans une bataille rangée ;
Ensuite, tu n'as jamais voulu trahir ton serment.
C'est la cause des coups mortels qui t'ont abattu.
Dis-moi donc, cher seigneur, peux-tu encore parler
2025 Et reconnaître le corps très saint de Dieu [1] ?
Si tu crois qu'il a été sacrifié sur la Croix,
J'ai dans mon aumônière du pain consacré,
Que Dieu lui-même a béni de sa main.
Si tu en mangeais,
2030 Tu n'aurais plus à craindre l'assaut du démon. »
Le comte revint à lui,
Ouvrit les yeux, et regarda son oncle.
Il se mit à parler avec conviction :
« Hélas, mon cher seigneur, dit Vivien le vaillant,
2035 Je sais bien que Dieu est vrai et vivant,
Lui qui est venu sur terre pour sauver son peuple,
Est né à Bethléem de la Vierge
Et s'est laissé supplicier sur la Sainte Croix ;
Il a été transpercé par la lance de Longin,
2040 Et le sang et l'eau ont coulé de son flanc.
Longin, frottant ses yeux, retrouva la vue ;
Il cria merci, et Dieu lui pardonna.
Dieu, *mea culpa* pour le mal que j'ai fait

---

1. Cette expression désigne l'hostie (en latin, *corpus Christi*).

Depuis ma naissance, pour mes péchés et mes lâchetés !
2045 Oncle Guillaume, donnez-m'en un peu ! »
« Ah ! dit le comte, bénie soit l'heure de ta naissance !
Qui croit tout cela ne sera jamais damné. »
Il va vite laver ses blanches mains dans l'eau,
Sort de son aumônière le pain bénit,
2050 Et lui en met un peu dans la bouche.
Il fait tant et si bien que Vivien l'avale.
L'âme s'en va, le corps reste ici-bas.
Guillaume alors se met à pleurer.
Il le soulève sur l'encolure du cheval,
2055 Dans l'espoir de l'emporter à Orange.
Mais Sarrasins et Slaves [1] viennent l'attaquer :
Ils sont quinze rois dont je connais les noms :
Le roi Mathamar et un roi des Avars,
Bassumet et le roi Défamé,
2060 Soudan d'Afrique et le puissant Éaduel,
Et Aelran et son fils Aelred,
Le roi Saceaume, Aufamé et Desturbé,
Et Golias, Andafle et Wanibled [2].
Tous les quinze, ils le frappent sur son écu à boucle,
2065 Et peu s'en faut qu'ils ne l'aient abattu.
Quand Guillaume voit qu'il risque la mort,
Il couche Vivien sur le sol et le recommande à Dieu.
Puis il se tourne vers l'ennemi très courageusement.
Ces quinze rois l'ont si bien pressé de leurs coups
2070 Qu'ils ont contraint de force l'oncle à se séparer
De son neveu qu'il aimait tant.
[...]

---

1. Les chansons de geste associent traditionnellement les Slaves aux Sarrasins : les uns et les autres sont considérés comme des païens, ennemis de la foi chrétienne.— **2.** Ces noms (qui ne sont que quatorze) mélangent les consonances méditerranéennes et anglo-saxonnes (Aelred, Wanibled ; un roi anglo-saxon historique du temps de Charlemagne se nommait Aethelred), et sont souvent formés à partir d'un vocable exprimant le mal ou le désordre (Défamé, Desturbé), selon un procédé classique très pratiqué dans la *Chanson de Roland*.

CHEVALERIE VIVIEN

L'armée de Vivien décide d'affronter les païens

12

Païens et Sarrasins se sont embarqués.
Parmi eux, trente rois, Persans et Esclavons[1],
Et d'autres Turcs que je ne sais nommer.
Ils naviguent à la voile tant qu'il y a du jour.
320 Ils ont fait si vite — Dieu puisse les abattre ! —
Qu'ils pourront bientôt s'installer à l'Archant.
Mais assez parlé d'eux — Dieu puisse les abattre ! —
C'est Vivien que je voudrais chanter,
Qui s'est installé à l'Archant
325 Avec une armée de dix mille preux.
Le jeune homme regarde vers la haute mer ;
Il entend les flots bruire, retentir et résonner,
Et les trompettes sonner de temps à autre.
Il appelle auprès de lui Girart,
330 Gibert de Terracone et Aïmer,
Gautier de Blaye, son oncle Fouqueré,
Hunaut de Saintes et Gibert de Valcler,
Jean d'Averne, un jeune noble,
Et bien d'autres guerriers dont j'ignore le nom.
335 Vivien leur dit : « Nobles jeunes gens,

---

1. Ce terme est synonyme de Slaves dans les chansons de geste.

J'entends bien du vacarme sur cette mer,
Des cors, des trompettes et des flageolets. »
Ayant ainsi terminé son discours,
Il se prend à regarder vers la gauche :
340 Il découvre la flotte qui apparaît
Avec ses voiles blanches qui brillent et étincellent,
Et resplendissent de tout l'or d'Arabie.
On pourrait croire — Dieu puisse leur nuire ! —
Qu'ils recouvrent toute la surface de la mer.
345 Le jeune homme se met à pousser des soupirs.
Il s'adresse à ses hommes : « Vous pouvez bien le voir,
Nous livrerons bataille, si nous en avons la force.
Ce sont des païens, des Sarrasins et des Esclavons.
Nous allons aujourd'hui montrer notre vaillance
350 Et confier nos âmes à notre Seigneur Dieu. »
En l'entendant parler ainsi,
Même les plus hardis se mirent à trembler,
À blêmir et à changer complètement de couleur.

13

Quand les dix mille ont aperçu la flotte
355 De ce peuple cruel et mécréant,
Et vu tant de voiles gonflées sur la mer,
— Elle en est recouverte sur une lieue —,
Et entendu le son des trompettes,
Il n'y en a pas un qui ne change de couleur ;
360 Même le plus hardi en transpire de peur.
Ils se disent entre eux : « Sainte Marie, à l'aide !
Nous voyons bien que notre heure est venue. »
En entendant cela, l'illustre Vivien
Lève la tête et, dans un grand effort,
365 Dit à ses hommes : « Peuple valeureux et saint,
Ne craignez pas le peuple mécréant
Que vous voyez rassemblé en si grand nombre.
Il s'active pour rien, celui que Dieu n'aide pas.
Retirons-nous près de ce piton rocheux,
370 Et que chacun se tienne prêt, l'épée nue au poing.
Quiconque mourra ici, son âme sera sauvée,

Reconnue et servie avec les anges,
Et connaîtra maintes grâces au paradis.
J'ai fait le vœu devant Dieu
375 De ne pas fuir devant les Infidèles. »
Girart répond, en voyant le nombre des ennemis :
« Vivien, cher neveu, il n'y a pas d'espoir.
Si Guillaume avait été informé,
Nous aurions du secours et de l'aide. »

14

380 Girart, le duc de Commarchis, déclara :
« Vivien, mon neveu, le jeu n'est pas égal !
Je vois des Sarrasins et des Persans en si grand nombre
Qu'ils sont bien à vingt-six contre un des nôtres.
Nos forces s'épuiseront bien vite.
385 Allons-nous-en, si vous le voulez bien ;
Les Arabes, seigneur, ne plaisantent pas. »
Vivien répond : « Ne t'inquiète pas, mon ami.
Nous sommes jeunes, nobles et vaillants,
Et nous avons des armes à foison,
390 De bons chevaux arabes très rapides.
Et nous croyons fermement en le roi du paradis
Et en la Croix où il fut crucifié,
Lui qui ressuscita, étant Dieu, de la mort,
Tandis que les païens croient en l'Antéchrist,
395 Et en leurs dieux misérables et sans pouvoir.
Chacun de nous vaut bien vingt-six des leurs.
J'ai fait le vœu devant Dieu
De ne fuir jamais devant un Turc ou un Persan,
Et de ne jamais abandonner à cause d'eux le terrain.
400 On m'y trouvera chaque jour, mort ou vif.
Je serais misérable, parjure et couard
Si j'avais demandé déjà l'aide de Guillaume[1].

---

1. Dans toute cette scène, depuis la découverte de l'étendue de l'armée enne-mie qui couvre tout l'horizon, la *Chevalerie Vivien* transpose la première « scène du cor » de la *Chanson de Roland* (cf. *supra*, notre extrait de cette œuvre, laisses 79 à 89) ; ici, elle reprend à son compte la controverse entre Roland et Olivier sur la nécessité de sonner du cor pour appeler Charlemagne, mais l'infléchit en introduisant le thème du vœu de Vivien et par conséquent le risque du parjure.

c a lacort Ggnent p̃ mang̃ z agu
z il sefirent ne loserent Gaer
J rcuens guill' loz fait tobes doit
H tot jugleoz quil ne feist loer

z faites pais baron si escoutes
bone chancon santendze lauoles
c est de G' lou marchis au cornens
l omellos home q̃ demere fust neus
a nil ne fue hous asses loes chanté
q̃ de ses armes pеист tant endurеr
s pantecoste q̃ lon dit en estes

Miniature marquant le début de la *Chevalerie Vivien*.
Manuscrit BN Fr. 1448, folio 204r°,

Mon solide écu n'est pas encore mis en pièces,
Ni mon haubert déchiré et mis à mal,
405 Et moi-même je n'ai encore aucune blessure.
Soyez garant du serment que je vous fais :
Aucun message ne sera envoyé à Orange,
Tant que j'aurai encore quelques forces.
Mes parents ne connaîtront jamais la honte
410 — Le roi Guibert, Guillaume le marquis,
Le duc Beuve, Bernard à la barbe fleurie,
Le roi Hernaut, Aïmer le Captif
Ni mon père, Garin d'Anseüne,
Ni mon aïeul, Aymeri de Narbonne —
415 De m'avoir vu fuir un jour devant les païens :
Qu'ainsi je meure ou je survive.
Et si les Turcs vous inspirent pareille terreur,
Dieu et moi, nous vous donnons notre congé :
Que chacun aille où bon lui semble.
420 Dieu saura bien, au jour du Jugement,
Qui se sera soucié de le servir.
Quiconque montrera sa prouesse et sa hardiesse
Recevra dans l'allégresse des couronnes de fleurs.
Il se moquera bien des mauvais et des lâches. »
425 Combien vous auriez vu alors couler de pleurs,
De chevaliers valeureux se frapper les paumes[1] !
Ils se disaient entre eux : « Quelle hardiesse !
Qui l'abandonnera en subira de lourdes conséquences. »

15

Vivien déclare : « Barons, écoutez-moi !
430 Voici les païens, qui vous clouent de stupeur.
Je ne veux pas que vous mouriez à cause de moi.
Allez-vous-en où vous voudrez,
Je vous en donne le congé très librement.
Moi, je resterai, car j'en ai fait le serment.
435 Le jour de mon adoubement,

---

1. Frapper ses paumes, s'arracher les cheveux et déchirer ses vêtements sont les principales manifestations extérieures de la douleur et du deuil au Moyen Âge.

J'ai fait le vœu au Dieu de majesté
Que ni Turc ni Slave ne me ferait fuir.
Je m'interdirai de quitter le champ de bataille,
On m'y trouvera chaque jour, mort ou vif. »
440   En entendant ces mots, ils en eurent grand-pitié.
Ils se disaient entre eux : « Barons, assurément,
Que celui qui osera un jour l'abandonner
Ne connaisse jamais ni Dieu ni son amour,
Et qu'il ne soit jamais couronné dans sa Gloire ! »
445   Le Saint-Esprit les a réconfortés,
Car ils lui disent : « Vivien, soyez tranquille !
Nous vous suivrons, quitte à être mis en pièces,
Et nous frapperons de nos épées effilées ! »
Vivien répond : « De tout cœur, mille mercis !
450   Cher neveu Girart, organisez mon armée !
Nous sommes cinq comtes nés d'un même lignage :
Confiez à chacun la charge de deux mille hommes.
Si nous serrons bien nos troupes,
Nous pourrons sauver chacun notre vie. »
455   Quel tumulte incroyable vous auriez pu entendre !
Vous auriez vu lacer les heaumes, mettre au cou les écus,
Les lances dressées vers le ciel,
Les gonfanons claquer au vent !
Vivien se prend à regarder son armée :
460   Son petit nombre lui meurtrit le cœur.
Il bat sa coulpe, et s'en remet à Dieu :
« Dieu, dit le jeune homme, venez donc à mon secours ! »
Voici que les Sarrasins ont touché terre ;
Ils jettent l'ancre, les voici arrivés.
465   Les terres retentissent des sonneries de cors.
Aucune créature, si audacieuse soit-elle,
En les voyant débarquer des navires
N'aurait pu s'empêcher de trembler dans son cœur.
Déjà, les dix mille s'apprêtaient à s'enfuir,
470   Quand Vivien les interpelle d'une voix forte :
« Barons, dit-il, ayez confiance en Dieu !
Dieu nous a aujourd'hui appelés au ciel ;
Quiconque mourra ainsi n'aura jamais été si heureux :
Il se retrouvera au ciel avec les abbés. »
475   Puis il les harangue : « Donnez vite des éperons,

Avant que les païens aient revêtu leurs armes ! »
Aussitôt ils ont éperonné leurs chevaux.

Vivien appelle Guillaume à son secours

38

Le combat faisait rage, rude et terrible.
Vivien revient de son évanouissement.
On a bandé ses blessures avec son bliaut :
Son corps était meurtri de quinze plaies telles
1445   Qu'un émir serait mort de la moindre d'entre elles.
Mais Dieu le garda sous sa protection.
Telle est la situation sur le champ de bataille :
Sur les dix mille il n'en reste que cent.
« Hélas ! dit le jeune homme, ma fin est toute proche.
1450   Mes hommes sont morts, je n'entends guère leurs cris[1] ;
Dieu reçoive vos âmes dans sa grande majesté !
Ah ! Girart, comme vous m'avez oublié !
Vous deviez m'amener des renforts ;
Vous êtes mort, cher neveu, puisque vous ne revenez pas.
1455   Oncle Guillaume, vous ne me verrez plus !
Dame Guibourc, que Dieu vous soit propice !
Mes yeux se troublent, je ne vois plus très clair[2] ;
Je suis incapable de conduire mon cheval.
Ma fin est proche, elle est pour aujourd'hui :
1460   Je vais mourir et quitter ce monde. »
Sur ces paroles, il abandonne les rênes.
Il ne sait où diriger son cheval,
Et frappe Gautier, l'un de ses proches parents,
D'un grand coup sur la nuque.
1465   Dieu seul lui a évité de le tuer.
« Cher neveu, dit Gautier, Vivien, vous avez tort :
Vous avez bien failli me tuer,
Et pourtant je ne vous ai jamais causé de tort. »

---

1. Il s'agit soit du cri de guerre, soit des cris du combat. — **2.** Ces détails rappellent la mort d'Olivier et celle de Roland.

« Je ne vous vois pas, dit le valeureux Vivien[1] ;
1470   Je suis meurtri de multiples blessures,
Et j'ai perdu beaucoup de sang.
C'est à peine si je discerne encore la lumière.
Conduisez-moi à l'écart de cette presse,
Jusqu'à ce que je reprenne un peu de souffle.
1475   Mon cœur défaille, je suis un peu oppressé,
Mais si je me reposais un peu,
Mon cœur me dit que j'aurais encore la force de frapper. »
À ces mots, Gautier se met à pleurer.
Il le conduit à l'écart de la presse.
1480   Et Guillaume chevauche avec tous ses barons :
Ils se sont tant et si bien hâtés de cheminer,
Qu'ils peuvent entendre sonner les cors des païens
Aux Aliscans, et le vacarme s'élever.
Guillaume prend la parole : « Tendez bien l'oreille !
1485   C'est Vivien qui est pris au piège[2].
Ah ! Seigneur Dieu, veillez sur mon neveu,
Qu'on le trouve encore en vie aux Aliscans,
Et que je puisse encore lui parler. »

                          39

Aux Aliscans Vivien agonisait.
1490   Ses flancs étaient meurtris de plusieurs plaies.
Il parla à ses hommes : « Venez ici vers moi !
Mes chevaliers, pour Dieu ! jurez-vous fidélité.
Je vois venir une troupe du côté d'Orange :
C'est Guillaume, j'en suis bien convaincu. »
1495   Ses hommes répondent : « Vous dites vrai.
Nous ne savons si ce sont des chrétiens,
Mais nous voyons leurs lances qui pointent.
C'est l'arrière-ban du roi Déramé :
Nous sommes tous morts, irrémédiablement. »
1500   Ils échangent des baisers d'amitié et de fidélité.

---

1. Encore un motif emprunté à la *Chanson de Roland*, où Olivier, aveugle, frappait son compagnon sans le reconnaître. — **2.** Encore un souvenir du *Roland*, quand Charlemagne entend sonner le cor de Roland.

40

Vivien entend le grand vacarme que mènent
Les troupes de Guillaume qui poursuivent leur route,
Se hâtent et donnent des éperons.
À ce moment, le noble jeune homme était bien convaincu
1505 Que les païens avaient convoqué leur arrière-ban.
Il saisit son cor, commence à en sonner,
Émet deux notes graves et une troisième aiguë.
À l'écart, le comte se lamente :
« Hélas ! Guillaume, vous ne me verrez plus !
1510 Ma fin approche irrémédiablement.
J'ai donné tant de coups — comment me le reprocher ? —
Que mon poing est enflé tout autour de l'épée. »
Guillaume a bien prêté l'oreille au cor ;
Il dit à Bertrand : « Très cher neveu, voyez donc :
1515 J'entends Vivien appeler avec son cor,
Il est certain que l'ennemi le presse.
Pour l'amour de Dieu, ordonnez vos troupes,
Lacez vos heaumes et fermez-les bien.
Je vous confie l'avant-garde,
1520 Je vous suivrai avec dix mille guerriers bardés de fer.
Je vous porterai secours, en cas de nécessité. »
Bertrand répond : « Je suis à vos ordres. »

41

Le temps était beau et le combat faisait rage.
Vivien sonne du cor avec une telle ardeur,
1525 Deux notes aiguës et la troisième grave,
Que sa veine principale éclate.
Son souffle était puissant et le son éclatant.
Guillaume l'entend, qui vient avec un renfort important.
Il s'adresse à ses hommes : « Pour l'amour de Dieu, vite !
1530 C'est Vivien, là-bas, qui sonne de ce cor,
Je l'ai bien reconnu à sa sonorité.
Il est si épuisé qu'il est près de mourir.
Doux Seigneur Dieu, je vous prie encore
De laisser vivre Vivien assez longtemps

1535 Pour que je puisse lui adresser quelques mots.
      Bertrand, cher neveu, pour l'amour de Dieu, vite !
      Sur la mer, derrière cette baie,
      Se trouvent les païens, sachez-le, innombrables.
      Je vous suivrai immédiatement de près,
1540 Avec dix mille hommes, sans me reposer,
      Pour leur trancher les nerfs et les os. »

                              42

      La journée était belle et le soleil luisait.
      Le comte Bertrand s'arma rapidement,
      Comme Gaudin le Brun, Gautier de Toulouse,
1545 Hunaut de Saintes et le vaillant Guichard.
      Ils passent leur haubert, lacent leur heaume étincelant,
      Ceignent leur épée à leur côté gauche,
      Prennent leur écu dont l'or resplendit,
      Et montent sur leurs chevaux bruns et impétueux.
1550 Avec dix mille combattants pleins d'ardeur
      Ils parcourent à cheval l'Archant avec fierté.
      Les trompes sonnent de toutes parts,
      La mer retentit du côté de l'Archant.
      Déramé, le vieillard grisonnant, entend cela,
1555 Comme Aérofle et le grand Haucebier.
      Ils étaient tous si coquets et voluptueux
      Qu'ils n'avaient pas encore revêtu leur armure.
      Il leur paraît bien vil et honteux
      De s'armer et d'aller sur le champ de bataille
1560 Pour aller affronter semblables adversaires.
      Déramé déclare : « Écoutez donc mon avis.
      Qui sont ces gens qui viennent là vers nous ?
      Chose étonnante : on les croirait tous de fer.
      C'est sûr, c'est Thibaut l'Africain,
1565 Qui m'amène de grands renforts d'Esclavonie. »
      « Nous n'en savons rien », répondent les païens.
      Surgit alors à vive allure Corsabrin,
      Un Sarrasin né à Bocidant [1],
      Vassal d'Esmeré le vaillant.

      _____

      1. Ville païenne de Perse.

1570 Il avait au milieu des flancs une blessure,
Et le sang s'écoulait jusque sur l'éperon.
Il était inquiet, sachez-le :
Bertrand l'avait frappé de son épée.
« Déramé, seigneur, pourquoi tardes-tu ?
1575 C'est pour notre malheur que tu laisses Vivien debout.
C'est un démon, le fils d'un géant,
Aucune arme, si tranchante soit-elle, ne peut le tuer.
Dispose ton armée et rassemble ton peuple :
Voici qu'arrivent Guillaume, et Gaudin, et Bertrand,
1580 Hunaut de Saintes, Gautier de Toulouse,
Et Girart, et le vaillant Guichard,
Et tant d'autres dont j'ignore tout !
Il est grand temps que vous vous défendiez ! »
À ces mots Déramé devient fou de rage ;
1585 Il harangue les païens : « Nous aurons une violente bataille.
Je redoute fort Guillaume et sa superbe,
Car jamais jusqu'ici je ne l'ai affronté
Sans y avoir au bout du compte beaucoup perdu. »
Les Sarrasins et les Persans se retirent alors,
1590 Et laissent Vivien gisant sur le champ de bataille.
Il avait encore autour de lui quelques fidèles,
Trente ou quarante, je ne saurais trop dire.
Pas un d'entre eux qui ne soit tout sanglant.
Vivien dit : « Nous sommes victorieux.
1595 Les païens s'enfuient, allons les poursuivre !
Le Seigneur Dieu nous attend au paradis,
J'entends les anges qui chantent là-haut, au ciel.
Dieu ! pourquoi donc vivre ? Que ne suis-je mourant ?
Car j'aurais cette joie que je désire tant.
1600 Que mon âme n'est-elle avec les Innocents ?
Mais je prie Dieu, le Père rédempteur,
De ne pas me faire quitter ce monde
Avant que j'aie parlé à Guillaume, le noble,
Et que j'aie communié avec le Vrai Corps de Dieu. »
1605 Sur ces mots, voici qu'arrive Bertrand,
Et les dix mille qui brûlent de se battre.

Blessé à mort, Vivien continue de se battre

49

Mais peu importent les morts et les blessés.
C'est sur Vivien qu'il faut s'apitoyer :
Il parcourt la bataille, accablé de fatigue :
Ceux qu'il poursuit sont condamnés à mort,
1800 Car il les frappe comme un fou furieux.
Les païens qui l'entourent en grand nombre
Et les grands coups qu'il donne
Font se rouvrir en sept points ses blessures ;
Ses boyaux se sont échappés par ses plaies.
1805 Le comte sait bien qu'il est condamné à mort,
Et que jamais il ne pourra guérir.
Il n'a pas le loisir de les remettre en place :
D'un coup d'épée, il les a détachés.
Dans ce malheur, barons, que je vous conte,
1810 Il rencontre Guillaume juste devant lui.
Le jeune homme, devenu aveugle, ne le voit pas.
Il brandit son épée, lui assène un grand coup
De haut en bas sur la pointe dorée du heaume.
Si l'épée n'avait pas alors dérapé,
1815 Elle lui aurait fendu les dents.
L'épée est tombée vers la gauche,
Et lui a découpé l'écu de ce côté,
Le transperçant si bien de part en part
Qu'elle a fait sauter dix mailles de la chausse
1820 Et coupé en deux l'éperon,
Avant de venir se ficher dans la terre.
Voyant cela, Guillaume fut pris d'une grande frayeur.
Il pensait que c'était un Sarrasin ou un Slave,
Pour lui avoir asséné un pareil coup.
1825 Il tire ses rênes et lui dit d'une voix forte :
« Quelle audace, païen ! Maudite fut ta naissance !
Et maudits soient le bandit qui t'a engendré
Et la putain qui t'a mis au monde !
Depuis le jour de mon adoubement,
1830 Où Charlemagne m'a remis mes armes,

Aucun Turc, aucun Slave ne m'a frappé si fort.
Mais, si Dieu le veut, tu vas le payer cher. »
Il brandit Joyeuse et saisit son écu.
Vivien lui répond à son tour :
1835　« Ami, dit-il, écoutez-moi.
Car si vous avez nommé Charles,
Je suis certain que vous êtes de France.
Je vous conjure donc, par le Dieu de majesté,
Et par les fonts où je fus baptisé,
1840　De me dire comment vous vous nommez. »
« Païen, dit-il, je ne vous le cacherai pas.
Je m'appelle Guillaume, le marquis au Court Nez.
Mon père s'appelle Aymeri,
Et mes frères, Hernaut, Aïmer le Captif,
1845　Le roi Guibert et le sage Beuve,
Et Bernard, le seigneur de la cité de Brubant,
Et Garin d'Anseüne, le vaillant ;
J'ai pour neveu l'illustre Vivien,
C'est par amour pour lui que je combats ici. »
1850　Quand il découvre que c'est Guillaume au Court Nez
Qu'il a frappé de son épée tranchante,
Le baron a baissé la tête vers le sol.
Le comte Guillaume était un sage chevalier :
Il se demanda la raison de ce geste.
1855　De pitié, il l'a relevé :
« Dites-moi, ami, au nom de Dieu, qu'avez-vous ?
Qui êtes-vous, de quelle terre êtes-vous né ? »
Vivien l'entendit, mais put à peine parler :
« Oncle Guillaume, ne me reconnaissez-vous pas ?
1860　Je suis Vivien, votre neveu ;
Je suis le fils de Garin, et né à Anseüne. »
En entendant ces mots, Guillaume devint fou :
Jamais, de toute sa vie, il n'avait connu pareille tristesse,
Car il voyait autour de lui ses boyaux tranchés.

50

1865　Guillaume manifesta une douleur incroyable
À la vue de Vivien qui gisait sur le sol,

Ses boyaux répandus tout autour de lui,
Sur l'herbe, tranchés d'un coup d'épée.
Jamais il n'avait éprouvé affliction plus profonde.
1870 Il tombe de cheval, chancelle,
Et ils se pâment l'un à côté de l'autre.
Quand il se relève, Guillaume reprend sa plainte :
« Vivien, mon neveu, quelle grande perte pour moi !
De tout votre lignage vous êtes le plus honorable,
1875 Vous n'étiez ni orgueilleux ni barbare ;
Nul chevalier ne pouvait vous surpasser. »
Vivien répond : « Cela suffit, que diable !
Qu'est-ce que ce discours de clerc ou de prêtre ?
Par pitié, remettez-moi en selle,
1880 Ceignez-moi mes boyaux tout autour de ma taille,
Et menez-moi au cœur de la bataille.
Donnez-moi les rênes de mon cheval,
Mettez ma bonne épée dans mon poing droit.
Laissez-moi seul au plus fort du combat,
1885 Là où les rangs ennemis sont les plus serrés.
Si je n'abats pas des meilleurs de leur race,
Je suis l'indigne neveu d'Aymeri et de Guillaume.
Je connais mon destin : je ne mourrai pas
Avant l'heure de none, et peut-être après vêpres [1].
1890 Je sens bien la vie qui tourmente ma chair. »
En entendant ces mots, Guillaume croit devenir fou.

51

« Oncle Guillaume, dit Vivien, le vaillant,
Pour l'amour de Dieu, cessez de vous lamenter :
Vous voyez bien que je suis mortellement blessé.
1895 Pour l'amour de Dieu, ramenez-moi mon destrier,
Nouez-moi mes boyaux tout autour de la taille,
Et remettez-moi en selle le plus vite possible,
Donnez-moi la rêne de mon cheval,
Et mettez-moi ma bonne épée au poing ;
1900 Conduisez-moi au beau milieu des ennemis,
Et laissez-moi ensuite aller comme bon me semble :

---

1. L'heure de none est l'heure de la mort du Christ, selon la tradition.

Si je n'abats pas des païens les mieux nés,
Les meilleurs et les plus téméraires,
S'ils se trouvent en face de moi,
1905 Je n'ai jamais été le neveu de Guillaume au Court Nez. »
« Cher neveu, répondit Guillaume, je ne vous y aiderai pas.
Mais, je vous prie, étendez-vous pour vous reposer,
Tandis que moi, j'irai au milieu des combats
Pour provoquer mes ennemis mortels.
1910 J'en atteste Dieu, vous serez vengé. »
Vivien rétorque : « Qu'entends-je donc là ?
Seigneur, dit-il, vous avez grandement tort !
Si je meurs là, au milieu de ces vrais démons,
J'en obtiendrai une meilleure récompense,
1915 Je serai plus aisément couronné en paradis.
Si vous vous obstinez à me le refuser,
Je me suiciderai sous vos yeux[1]. »
Guillaume l'entend, il croit devenir fou.
De gré ou de force, devant tant de supplications,
1920 Il l'a mené au beau milieu des Turcs.
Là, Vivien a frappé tant et plus.
Dieu le maintient bien ferme dans sa selle ;
Malheur à ceux qu'il atteint !
Le marquis au Court Nez le perdit vite de vue :
1925 Il ne le verra plus avant l'heure de sa mort.
Il rencontre Bertrand, lui rapporte ces nouvelles :
L'amitié la plus pure les fait tous deux pleurer.
« Bertrand, mon cher neveu, tenez-vous près de moi :
Tant que je vous vois, je ne me sens pas seul.
1930 Je vous l'assure, véritablement,
Nous serons déconfits et vaincus.
Bertrand, mon cher neveu, par Dieu, regardez donc :
Voyez tous ces Turcs, ces Persans et ces Slaves !
Tout l'Archant en est recouvert !
1935 Je sais très bien, c'est une certitude,
Que les païens submergent la terre entière ! »
« Assurément, cher seigneur, dit Bertrand, vous avez tort
De vous lamenter encore une fois si vite.

---

1. L'auteur a choisi de mettre en scène la démesure de Vivien, plus que ne l'avaient fait ses devanciers.

Attaquez les flancs, j'attaquerai le centre ;
1940 Vengeons-nous bien avec nos épées acérées,
Pour que la honte ne rejaillisse pas sur notre lignage ! »
Sur ce, ils ont éperonné leurs chevaux.
Au milieu de la presse, ils ne cessent de se battre,
Tant et si bien que les païens ont reflué.

Fin de la *Chevalerie Vivien*.

ALISCANS

Derniers combats de Vivien

1

En ce jour si douloureux
Où la bataille faisait rage aux Aliscans,
Le comte Guillaume endura de grandes souffrances.
Le palatin Bertrand y frappa de beaux coups,
5 Comme Gaudin le Brun et Guichard le robuste,
Girart de Blaye, Gautier de Toulouse,
Hunaut de Saintes et Fouchier de Mélant.
Plus que tout autre s'illustra Vivien :
Son haubert était rompu en trente points,
10 Et ses flancs étaient transpercés de quinze plaies,
Dont la moindre eût été mortelle pour un émir.
Il a massacré nombre de Turcs et de Persans,
Mais cela lui paraît être bien insuffisant,
Tant les païens ont de bateaux et de chalands,
15 De navires de guerre et de rapides esquifs :
Nul homme au monde n'en a jamais vu tant.
L'Archant est recouvert d'armes et d'écus.
Les cruels Infidèles faisaient un grand vacarme.

2

Le comte Guillaume galope au milieu des combats,
20 L'épée couverte de sang et de sueur.

Il rencontre sur son chemin un émir ;
Il le frappe si fort sur son heaume fleuri
Que son épée luisante le fend jusqu'aux épaules.
Puis il tua Pinel, fils de Cador.
25 Le comte donne des coups puissants et vigoureux ;
Mais les païens sont si nombreux
Qu'il n'est pas d'homme au monde qui n'en fût effrayé.
Survient alors Déramé, leur seigneur,
Qui galope vigoureusement sur la plage
30 Avec les troupes de l'empereur de l'Inde
— une race ennemie de Dieu.
Il porte avec une ardeur féroce un épieu
Qui a déjà tué maint noble vavasseur[1].
Tacon, le fils de sa sœur, et lui
35 Se sont lancés plus d'une fois dans la bataille.
« Holà ! s'écrie-t-il, vous mourrez tous atrocement !
Aujourd'hui, Guillaume perdra tout son renom !
Nul de ses hommes n'en sortira vivant. »
En entendant ces mots, le comte est très ému.

3

40 Le comte Guillaume voit ses hommes mourir ;
Il s'en lamente, mais demeure impuissant.
Il recherche Vivien, mais ne peut le trouver :
Cela le met hors de lui.
Dans sa fureur, il va frapper un païen
45 Et lui fait tâter de son fer jusqu'aux épaules.
Alors les païens se mettent à déferler :
Vous auriez pu voir tout Aliscans s'en recouvrir ;
Ils font un tel vacarme que la terre en tremble.
Hardiment, ils attaquent les nôtres ;
50 Ah ! si vous aviez vu ce combat éclatant[2],
Tant de lances se briser et tant d'écus se fendre,

---

1. Le terme de « vavasseur », fréquent dans les romans courtois, désigne un arrière-vassal, et par conséquent un homme appartenant à la petite noblesse ; les vavasseurs sont généralement considérés, dans cette littérature, comme une élite morale dont la *preudomie* contrebalance la pauvreté. — **2** Le sentiment épique qu'inspire le spectacle des combats, dans la chanson de geste, est la joie, même lorsque la défaite menace.

Tant de hauberts se rompre et se déchiqueter,
Tous ces pieds, tous ces poings, toutes ces têtes voler,
Les cadavres s'entasser les uns sur les autres !
55 Vous auriez pu en voir plus de vingt mille !
Les cris peuvent s'entendre à plus de vingt lieues.
Et Vivien combat avec fureur
Du côté de l'Archant ; il va bientôt mourir :
De ses plaies il voit se répandre ses boyaux
60   En trois ou quatre endroits.

4

Vivien est dans le secteur de l'Archant,
Et ses boyaux se répandent de son corps ;
De ses deux mains, il les remet en place.
Il prend l'enseigne de son épieu tranchant
65 Et s'en fait un bandage serré autour des flancs.
Alors il se remet bien droit sur son cheval
Et donne des éperons au milieu des païens,
Qu'il met en pièces de son épée d'acier.
Même le plus hardi s'enfuit en le voyant :
70 Il les entraîne droit vers la mer tout en frappant.
D'un val surgit la troupe de Gorhant.
C'est un peuple à l'allure des plus monstrueuses,
Avec des cornes et derrière et devant.
Ils étaient tous armés de masses pesantes,
75 Munies de poignées de fer et de plomb,
Avec lesquelles ils poussent leurs bêtes.
Il y avait cent mille cruels Infidèles ;
Ils poussent tous ensemble tellement de cris
Que la plage tout entière résonne de ce tonnerre.
80 Quand Vivien voit le peuple de Tervagant [1]
Qui se présente sous une telle apparence,
Et qu'il entend le vacarme qu'il fait,
Il n'est pas étonnant qu'il en soit effrayé :
Il fait faire demi-tour à son cheval.

---

1. Les poètes épiques affectent de confondre tous les paganismes : Tervagant est l'un des principaux dieux sarrasins, avec Mahomet et Apollin, et l'islam est présenté comme un polythéisme.

85 À peine avait-il fui de la longueur d'une lance
Qu'il se trouve devant un cours d'eau tumultueux ;
Il sut bien alors qu'il avait violé son serment.
Le noble comte s'arrêta aussitôt.
Présentant à Dieu son gage,
90 Il se frappa de son poing la poitrine :
« Dieu, *mea culpa* d'avoir ainsi fui !
Les païens vont me le payer cher. »
Il éperonne son cheval du côté des Vachers
    À très grande vitesse.

5

95 Vivien fait demi-tour, refusant de fuir,
Du côté des Vachers — que Dieu les maudisse ! — ;
Les premiers coups de son attaque sont si violents
Que leurs cervelles ont senti son épée.
Eux, le frappent de leurs masses avec fureur,
100 Et font couler son sang à travers son haubert.
Dieu ait pitié de son âme : il va bientôt mourir !
Mais Dieu veut qu'il reste en vie
Jusqu'à ce que Guillaume vienne l'ensevelir,
Qui se bat furieusement en Aliscans.
105 Voici Bertrand — Dieu veuille le bénir ! —
Qui a massacré une compagnie de cent Turcs.
Ils ont troué et déchiqueté son écu,
Et mis en pièces son heaume luisant.
Son épée est toute râpée des coups qu'il frappe.
110 Quand il vit les Vachers arriver tous ensemble,
Le noble comte ne fut pas à son aise.
Il ne savait que faire, n'osant aller vers eux,
    Tant sa peur était grande.

6

Le comte Bertrand voit venir maint Vacher
115 De la maison du roi païen Gohier ;
Tous sont cornus et noirs comme des démons.
Le comte Bertrand n'osa s'en approcher :

Miniature marquant le début d'*Aliscans*.
Manuscrit BN. Fr. 1448, folio 216r°, colonne a.

Ce n'est pas surprenant, nul ne doit s'étonner,
Car d'aussi nombreux diables sont très redoutables.
120 Au moment où il s'apprête à battre en retraite,
Il voit Vivien qui lutte au milieu d'eux
Et qui s'écrie : « Monjoie [1], chevaliers !
Oncle Guillaume, venez donc à mon secours !
Cousin Bertrand, quel désastre mortel !
125 Dame Guibourc, vous ne me verrez pas vivant !
Ma fin est proche, le destin est scellé. »
En entendant ces mots, Bertrand croit devenir fou.
Il lui répond alors d'un ton farouche :
« Neveu Vivien, je me comporte bien lâchement
130 Quand je vous laisse seul au milieu des païens.
Puissé-je mourir si je ne peux vous secourir ! »
À ces mots, il éperonne son cheval.
Si vous l'aviez vu mettre en pièces ces Vachers,
Et culbuter leurs cadavres l'un sur l'autre,
135 Vous auriez bien pu chanter ses louanges.
Bertrand donne tant de coups dans toutes les directions
Qu'il éclaircit les rangs serrés de l'ennemi ;
Il remplaçait fort bien Roland et Olivier !
Dès qu'il voit Vivien, il court le serrer dans ses bras ;
140 Il se met à l'embrasser, tout ensanglanté.
Le comte Bertrand le voit saigner si fort
(Le sang vermeil s'épanchait de son corps),
Qu'il n'est pas étonnant qu'il s'en soit affligé.
« Neveu Vivien, dit Bertrand au visage fier,
145 Allez vous allonger auprès de cet étang,
Sous cet arbre qui projette son ombre là-bas.
Je suis prêt à mourir en montant bonne garde,
Puisque vos plaies ne cessent de saigner. »
Vivien l'entend, mais ne peut relever la tête ;
150 Il se pâme trois fois sur le rapide destrier ;
Sans les étriers, il serait tombé à terre.
Alors survient le puissant roi Haucebier,
        Avec vingt mille païens.

---

1. *Cf.* la note de la page 38.

7

Le comte Bertrand voit venir Haucebier,
155   Accompagné de vingt mille Sarrasins.
« Dieu, dit le comte, qui gouvernes le monde,
Secours-nous, Seigneur, si tu le veux bien !
Vivien, mon neveu, je vais vous voir mourir
Et je ne pourrai sauver ma propre vie. »
160   Vivien l'entend et commence à trembler ;
Il répond à Bertrand : « Nous n'avons plus le choix :
Tant que nous sommes en vie, allons frapper les païens !
Vous ne me verrez pas survivre à cette journée ;
Protégez-vous, ma fin à moi est proche,
165   Mais avant, je me lancerai contre les Sarrasins. »
Sur ces mots, ils sont retournés au combat.
Ils font voler têtes et bras
Et font jaillir en l'air les cervelles en bouillie.
À ce spectacle, aucun païen n'ose plus les attaquer.
170   Ils jettent furieusement leurs lances et leurs épieux,
Tuant sous lui le cheval de Bertrand ;
Plus de cinquante courent s'emparer de lui,
Mais Vivien l'arrache de leurs mains.
Il en éprouve une douleur aiguë :
175   Il voit ses entrailles sortir par ses plaies,
Le noble comte qui est un vrai martyr[1].
Impossible de voir un meilleur combattant.
Par la force, il contraint les païens à reculer
De plus d'un trait de lance, et de prendre la fuite.
180   Vivien voit son cousin en difficulté :
Il frappe mortellement un païen,
Prend son cheval et le donne à Bertrand,
Qui monte dessus (puisse Dieu le bénir !).
Vivien dit : « Songez à vous protéger,
185   Enfuyez-vous, par Dieu, le Saint-Esprit,
Sinon, vous ne pourrez échapper à la mort.
Malheureux ! que ne puis-je voir venir mon cher oncle,
Que les Sarrasins n'ont jamais pu chérir !

---

1. Comme dans la *Chanson de Guillaume*, Vivien souffre une véritable Passion qui en fait un héros christique à qui est promise la béatitude des martyrs.

Si lui est mort, nous sommes tous condamnés,
190 Car personne ne pourra jamais nous sauver,
Sauf notre Seigneur Dieu qui gouverne le monde. »
En entendant ces mots, Bertrand soupira ;
Il pleure de pitié, sans aucune retenue ;
    Il mène un bien grand deuil.

8

195 « Vivien, mon neveu, a dit le comte Bertrand,
Si je vous abandonne et que je prends la fuite,
À tout jamais la honte et les reproches me poursuivront. »
« Certainement pas, dit le noble Vivien.
Allez chercher mon oncle là-bas, en Aliscans [1],
200 Au milieu de la bataille où il se bat.
Dites-lui, au nom de Dieu, qu'il vienne à mon secours. »
« Certes non, mon neveu, dit le comte Bertrand ;
Aussi longtemps que je pourrai manier l'épée,
Je vous aiderai à repousser les Sarrasins. »
205 Alors tous deux se précipitent sur les païens,
Et leur découpent les côtés et les flancs ;
Tous les païens en sont terrorisés.
Voici cinq comtes qui donnent des éperons :
Ils étaient leurs cousins, de la terre des Francs.
210 Il y avait Girart, le preux et le vaillant,
Gaudin le Brun, le preux et le robuste,
Et Guielin de Commarchis, le vigoureux ;
Il y a aussi le comte Huon de Mélant.
Ils venaient avec fougue, en poussant leurs cris de guerre.
215 Le combat reprend alors de plus belle, et fait rage.
Maint Sarrasin y a perdu la vie,
    Qui refusait la Foi.

9

La bataille faisait rage, assurément, je vous le dis.
Les comtes sont valeureux, ce sont de proches parents,

---

1. La critique a émis l'hypothèse que l'Archant, où combat Vivien, serait la partie du champ de bataille la plus proche de la mer ; Guillaume, quant à lui, se bat dans un autre secteur des Aliscans.

220   Ils se soutiendront jusqu'à la mort.
Mais, à mon sens, Vivien était le plus hardi.
Il a tué sous les yeux des comtes l'émir
Qui l'avait le jour même blessé et mis à mal
En lui plongeant son épée fourbie dans le corps :
225   De toutes ses plaies, ce fut la plus grave.
Mais Vivien ne l'a pas mal visé :
Il l'a frappé si fort de son épée d'acier fourbie
Sur le heaume qui était d'or fourbi,
Qu'il l'a fendu en deux jusqu'aux épaules ;
230   Il le renverse, mort, au milieu de l'Archant.
Les comtes s'écrient : « Dieu, quel guerrier que voici !
Seigneur, protège-le, par ta miséricorde ! »
Sur ces mots, les Arabes poussent des cris ;
Ils se disent entre eux : « Nous sommes bien joués !
235   Les vrais démons ont remonté celui-ci
Qui était mort, tout à l'heure, à midi.
Le lignage d'Aymeri nous a causé maint tort :
Guillaume a honni le roi Thibaut,
En lui enlevant sa femme Orable,
240   Et en le dessaisissant de sa terre.
Si ces vauriens nous échappent ainsi,
Mahomet devra bien nous honnir.
Nous n'avons que trop supporté leur outrecuidance !
Mais aujourd'hui, avant la tombée de la nuit,
245   Guillaume pourra bien se tenir pour honni,
Vaincu honteusement comme un lâche. »
« Certes, dit Bertrand, vous êtes un menteur ! »
Alors les sept cousins liés d'amitié les attaquent.
Ah ! si vous aviez vu tous ces écus fendus,
250   Tous ces heaumes brisés, ces hauberts mis en pièces !
Païens et Sarrasins font un tel vacarme
Et tant de ravages, ces maudits fils de putes,
Qu'on les entend à deux lieues à la ronde.
Les nôtres ont déconfit ce bataillon ;
255   Mais d'ici peu ils seront affligés,
        Si le Seigneur Dieu n'y veille.

10

Grands étaient le vacarme, les cris et les clameurs.
Ce bataillon fut vite mis en déroute

Quand Aérofle surgit d'une vallée
260 Avec vingt mille hommes de son pays.
Les fuyards sont retournés vers lui ;
Cela promet un affrontement cruel.
Jamais les nôtres n'ont connu pire journée,
Car ils ne pourront pas résister à pareille masse.
265 Le gros des troupes se tourne vers les sept comtes :
Ils lancent en l'air leurs javelots et leurs faux[1] ;
Les nôtres ont tous leur bouclier tordu,
Leur haubert en morceaux et la chair entaillée
En quinze lieux de profondes blessures.
270 Ils se défendent de toute leur fureur :
Chacun, tenant son épée au poing droit,
Coupe aux païens maint poing et maint viscère,
Faisant tomber au sol maintes entrailles.
Mais à quoi bon ? Ils ne pourront tenir,
275 Car les païens sont beaucoup trop nombreux.
Ils leur ont décoché beaucoup de flèches.
Voici venir Aérofle des Vaux de Puisfondée
Brandissant une hache bien aiguisée.
Il fond sur Guichart, lui assène un tel coup
280 Qu'il fend son bouclier par derrière
Ainsi que son cheval, au milieu de l'échine ;
La hache est allée se ficher dans la terre
Jusqu'à une bonne aune de profondeur.
Guichart tomba à la renverse dans le pré,
285 Et son cheval à côté de lui, la bouche ouverte.
Quand Aérofle voit la selle vidée
(Il était grand et fort, son haubert sur le dos ;
Personne n'était plus fort jusqu'à la Mer Figée[2],
Excepté Rainouart, fils de sa sœur aînée,

---

1. Il s'agit d'une sorte d'arme d'hast, qui était originellement une simple faux emmanchée à l'extrémité d'une hampe, et dont se servaient les paysans appelés à combattre pour leurs seigneurs. — **2.** Cette « mer figée » (l'ancien français l'appelle *mer betée*) est souvent comprise comme l'océan Glacial Arctique. On notera cependant que dans le *Livre de Sidrach*, encyclopédie de la fin du XIIIe siècle, cette expression désigne la mer qui environne la terre et qui est salée : au-delà se trouve un deuxième anneau liquide, la « mer noire », puis encore un troisième, la « mer puante ». La *mer betée* désigne donc, en fait, les limites de la terre.

290   Et Haucebier de Puy de Trimolée :
          Leur force est prodigieuse),

                              11

      Quand Aérofle voit Guichart abattu
      (Il était très grand et vigoureux),
      Il le saisit par le haubert qu'il avait revêtu
295   Et le soulève comme une brindille
      Par-dessus l'encolure du cheval aux longs crins.
      De vive force il lui a pris l'épée.
      Guichart s'écrie : « Neveu Bertrand, où es-tu ?
      Oncle Guillaume, vous ne me verrez plus ! »
300   À ces mots, Bertrand s'afflige comme jamais ;
      Les six comtes, ensemble, accourent en éperonnant ;
      Trois d'entre eux frappent l'écu du païen ;
      Malheur à qui serait venu à sa rescousse !
      Chacun frappe et refrappe à coups d'épée fourbie
305   Sur son heaume, mais sans parvenir à le blesser.
      Les trois autres se sont tellement bien défendus
      Qu'ils ont tué cinquante Infidèles.
      Mais à quoi bon, si nul ne les secourt ?
      Car les champs sont complètement couverts de païens ;
310   Les nôtres ont connu là un grand malheur,
      Car tous nos comtes ont été faits prisonniers,
      Sauf Vivien, qu'ils ont blessé à mort :
      Ils lui ont transpercé le corps de quinze épieux ;
      Mais il demeure en selle, au plaisir de Jésus.
315   Avant de mourir, il se vendra chèrement.
      Dieu, quel malheur ! Il était le plus hardi guerrier
          Depuis le temps de Jérémie.

                              12

      En Aliscans, le combat faisait rage.
      Païens et Sarrasins ont capturé Bertrand,
320   Le jeune Guichart, Girart et Guielin,
      Le preux Huon et l'illustre Gaudin.
      Ils ont lié Gautier de Termes avec une corde.

Vivien dit : « Bertrand, mon cher cousin
Voilà que cette sale engeance vous emmène,
325 Avec le jeune Guichart et le jeune Girart !
Hélas ! Guillaume va perdre aujourd'hui tout son lignage.
Dieu, pourquoi suis-je en vie ? Que la mort ne vient-elle ?
J'ai quinze plaies sous ma fourrure d'hermine
Dont la moindre aurait fait mourir un cheval robuste ;
330 Mais, par l'apôtre qu'invoquent les pèlerins,
Cette sale engeance ne l'emmènera pas :
Ils vont sentir l'acier de mon épée ! »
Il n'avait pas d'écu, mais un haubert à doubles mailles,
Et son heaume brillant, cerclé d'or fin,
335 Que ces mâtins lui avaient tout déchiqueté.
Il supplia le noble saint Martin,
Et saint André, saint Paul et saint Quentin,
Saint Nicolas, saint Pierre et saint Firmin,
Et saint Herbert, saint Michel, saint Démétrius,
340 Qu'ils le protègent du peuple d'Apollin[1],
Ainsi que Guillaume, le comte palatin,
    Qui est de noble race.

13

Quand Vivien eut achevé sa prière,
Il devint plus féroce qu'un léopard ou un lion ;
345 De son épée nue, il frappe les païens de toutes ses forces ;
Il frappe un neveu d'Aérofle le blond ;
Ni son heaume ni son écu ne peuvent le protéger :
Il l'a tranché en deux jusqu'à l'arçon,
Et abattu raide mort, jambes en l'air, dans le sable.
350 Puis il tua son frère Glorion,
Et Galafre, Murgant et Rubison,
Et Fauseberc et son fils Garsion.
Mais à quoi bon ? Ils sont bien trop nombreux !

---

1. Apollin, on l'a vu, est censé être l'un des trois dieux qu'adorent les Sarrasins. Son nom procède d'une contamination entre celui du dieu grec Apollon et celui d'un personnage de l'Apocalypse de Jean, Apollyon, qui n'est autre que « l'ange de l'abîme », le roi des sauterelles monstrueuses libérées par la cinquième trompette, après l'ouverture du septième sceau (Apocalypse, IX, 11).

Voici Haucebier, né au-delà de Capharnaüm [1],
355 C'est le païen le plus cruel du monde.
Ce Haucebier avait si grande réputation
Que l'on parlait partout de lui en terre païenne.
Aimeriez-vous que je vous fasse son portrait ?
Il était plus fort que quatorze Slaves ;
360 Sa nuque mesurait plus d'une demi-lance.
Ses flancs avaient plus d'une toise de large,
Il était large d'épaules (ce n'était pas un gringalet),
Avait des bras vigoureux, avec des poings massifs.
Ses yeux étaient distants d'un demi-pied,
365 Sa tête large, sa chevelure abondante,
Ses yeux, rouges, enflammés comme du charbon.
Il eût bien pu porter une charretée de plomb ;
Nul homme ne fut jamais aussi fort, sauf Rainouart
Qui plus tard le tua, comme le dit la chanson.
370 Haucebier dit : « Laissez-moi ce vaurien ;
Sa force ne vaut rien du tout :
Si Mahomet ne devait m'en tenir rigueur,
Je l'aurais déjà tué d'un coup de bâton ! »
Il tient en main un tronçon de lance ;
375 Il le jeta sur le baron si furieusement
Qu'il lui rompit son haubert scintillant,
Transperça son hoqueton [2] vermeil,
Et le lui enfonça dans le corps jusqu'au poumon.
Vivien s'écroule, qu'il le veuille ou non.
380 Haucebier déclare : « Celui-ci nous laissera tranquilles !
Allons chercher Guillaume à travers l'Archant,
Et faisons-le prisonnier dans nos navires ;
Conduisons-le à son ennemi Thibaut,
Pour qu'il en prenne vengeance à son gré. »
385 Alors ils s'en allèrent, éperonnant leurs chevaux,
Et laissèrent Vivien étendu sur le sable [3].
Le baron se relève dès qu'il revient à lui,

---

1. Dans les textes épiques, les chefs sarrasins sont souvent originaires de régions situées à l'est de la Terre sainte. — **2.** Le hoqueton est une sorte de corset rembourré porté sous le haubert. — **3.** Cette version contredit le scénario primitif de la *Chanson de Guillaume*, où les Sarrasins s'appliquent au contraire à cacher le corps du héros afin que les chrétiens ne puissent le retrouver. *Cf.* la *Chanson de Guillaume*, v. 926-928.

Et remarque, devant lui, un destrier gascon ;
Il monte sur la selle avec difficulté,
390 Et s'en vient en l'Archant sous un arbre rond,
Près d'un étang dont les eaux sont profondes.
Là il met pied à terre, et fait son oraison ;
    Que Dieu reçoive son âme !

14

Vivien se trouve sur la terre de l'Archant,
395 Près de la mer, à côté d'un étang,
Au bord d'une fontaine dont les eaux sont vives.
Ses yeux se troublent, son visage pâlit,
Son sang coule et s'épanche de partout ;
Son corps et son haubert sont ensanglantés.
400 Il confesse ses péchés au Seigneur Dieu,
Et l'implore avec douceur, d'un cœur sincère :
« Dieu, dit-il, Seigneur, vrai Père Tout-Puissant,
Qui donnes vie à toutes créatures,
Ta puissance ne peut faiblir.
405 Secours mon oncle, si telle est ta volonté. »
Nous allons abandonner Vivien en ce point,
Nous reviendrons vers lui un peu plus tard [...][1].

La mort de Vivien

23

Le comte Guillaume éperonne son cheval de ce côté ;
Il est furieux, en proie à la colère.
695 Il trouve Vivien gisant sous un arbre,
Auprès de la fontaine dont les eaux murmurent,
Ses blanches mains croisées sur sa poitrine.
Son corps et son haubert étaient ensanglantés,
Ainsi que son visage et son heaume flamboyant ;
700 Sa cervelle s'était répandue sur ses yeux ;

---

1. Le texte revient alors aux combats que livre Guillaume.

Il avait posé son épée auprès de lui.
De temps à autre, il confessait ses fautes,
Et implorait le Seigneur Dieu dans son cœur,
Se frappant la poitrine de son poing fermé ;
705 Il était couvert de blessures de toutes parts.
« Dieu, dit Guillaume, comme mon cœur est triste !
J'ai connu aujourd'hui de si terribles pertes
Que je m'en lamenterai toute ma vie durant.
Neveu Vivien, depuis que Dieu créa Adam,
710 Personne n'eut autant de hardiesse que vous.
À présent, Sarrasins et Persans vous ont tué.
Ouvre-toi donc, terre, pour m'engloutir !
Dame Guibourc, vous m'attendrez en vain ;
Jamais je ne pourrai revenir à Orange ! »
715 Le comte Guillaume pleure à chaudes larmes,
Et tord ses deux poings l'un contre l'autre[1] ;
Il ne cesse de se lamenter sur son malheur.
Personne ne décrira plus son affliction,
Car elle est trop intense, terrible et pesante.
720 Dans sa douleur, il tombe de Baucent[2],
     Et s'évanouit sur le sol.

24

Le comte Guillaume était au comble de l'affliction.
Vivien gisait tout sanglant sous ses yeux.
Il sentait bon, bien plus qu'un baume ou de l'encens[3],
725 Et tenait ses mains croisées sur sa poitrine.
Son corps était meurtri de quinze plaies béantes :
La plus petite aurait causé la mort d'un Allemand.
« Neveu Vivien, dit le noble Guillaume,
Quel malheur pour vous qui étiez si vaillant,
730 Pour votre prouesse et votre hardiesse
Et pour votre beauté, qui était si gracieuse !
Cher neveu, vous étiez plus combatif qu'un lion ;

---

1. C'était l'une des manifestations ostentatoires du deuil au Moyen Âge, comme dans l'Antiquité classique. — **2.** Baucent est le cheval de Guillaume dans *Aliscans*. — **3.** C'était le propre des corps saints que de dégager des odeurs suaves (*cf.* l'expression « odeur de sainteté »).

Vous n'étiez ni tête brûlée, ni querelleur,
Et jamais vous ne vous êtes vanté d'une prouesse ;
735 Au contraire, vous étiez doux et humble,
Mais hardi et combatif contre les païens.
Vous ne redoutiez ni roi, ni émir ;
Vous avez tué plus de Sarrasins et de Persans
Qu'aucun de vos contemporains.
740 Cher neveu, tu es mort d'avoir refusé de fuir
Et de reculer d'un seul pied devant les païens.
À présent, je te vois mort au milieu de l'Archant.
Ah ! que n'y suis-je venu quand il était en vie !
Il aurait communié avec ce pain que j'ai,
745 Et aurait ainsi goûté au Vrai Corps de Dieu ;
J'en aurais pour toujours éprouvé plus de joie.
Dieu, reçois son âme dans ta bienveillance,
Car c'est à ton service qu'est mort en Aliscans
     Ce noble chevalier. »

                    25

750 Le comte Guillaume multiplie les marques d'affliction.
Il pleure tendrement, sa main posée sous son menton[1].
« Vivien, mon neveu, à quel malheur, belle jeunesse,
Fut vouée ta grande prouesse, toujours renouvelée !
Nul chevalier ne fut jamais aussi hardi.
755 Hélas, Guibourc, comtesse, noble dame,
Quand vous apprendrez cette funeste nouvelle,
Une cuisante souffrance vous ravagera !
Si votre cœur n'éclate dans votre poitrine,
Ce sera que la Vierge vous aura protégée,
760 Sainte Marie, que supplie maint pécheur. »
Le comte Guillaume chancelle de douleur,
Il baise Vivien, tout sanglant, au menton,
Et sur sa tendre bouche, douce comme la cannelle.
Il pose ses deux mains en haut, sur sa poitrine,
765 Et sent la vie qui palpite dans son corps.
     Il pousse un profond soupir.

---

1. C'est là un signe codifié d'affliction.

26

« Vivien, mon neveu, dit le comte Guillaume,
Quand je t'ai adoubé dans mon palais, à Termes [1],
Pour l'amour de vous j'ai donné à cent jeunes des heaumes,
770   Et cent écus, et cent targes toutes neuves,
Des étoffes d'écarlate, des manteaux, des tuniques ;
Ils eurent des armes et des selles à leur gré.
Hélas, Guibourc, ma dame, quelles nouvelles glaciales !
Ce grand malheur, vous ne pourrez que l'accepter.
775   Vivien, mon neveu, mon pair, parle-moi ! »
Le comte l'embrasse en le prenant sous les aisselles,
          Et le baise très doucement.

27

Guillaume pleure, le cœur plongé dans l'affliction,
Il tient l'enfant dans ses bras par les flancs ;
780   Très doucement il a exhalé ses regrets :
« Vivien, seigneur, à quoi bon votre beauté,
Votre valeur guerrière, quand elles s'en vont si vite ?
Je vous ai élevé avec une grande tendresse ;
Quand je vous ai donné vos armes, à Termes,
785   Par affection pour vous j'ai aussi adoubé
Cent chevaliers avec leur équipement complet.
Maintenant, Sarrasins et Slaves vous ont tué,
Et je vois votre corps meurtri et mis en pièces !
Que ce Dieu qui gouverne le monde entier
790   Accorde à votre âme pardon et miséricorde,
Ainsi qu'à ceux qui sont morts en son nom
Et gisent, ensanglantés, au milieu des cadavres.
Tu avais fait serment au Seigneur Dieu
Que jamais un Sarrasin ne te ferait fuir
795   De la longueur d'une lance en plein combat ;
Très cher neveu, tu m'as vite quitté !
Désormais, les Sarrasins pourront se reposer,

---

1. Il pourrait s'agir de Termes-en-Termenès, ville de la *Via Tolosana*, entre Narbonne et les Corbières.

Ils seront bien tranquilles, définitivement :
Ils ne risqueront plus de perdre un pied de leurs terres,
800 Quand ils seront débarrassés de vous, de moi,
Et de Bertrand, mon neveu renommé,
Et des barons que j'avais tant aimés.
Bientôt ils reprendront Orange, ma cité,
Toute ma terre dans toute son étendue ;
805 Jamais personne ne s'opposera à eux. »
Le comte se pâme, tant il mène grand deuil.
Quand il se relève, il regarde l'enfant
Qui avait légèrement relevé la tête :
Il avait parfaitement entendu son oncle.
810 De pitié, il a poussé un soupir.
« Dieu, dit Guillaume, mon vœu est exaucé ! »
Il s'adresse à l'enfant qu'il a pris dans ses bras :
« Cher neveu, vis-tu, par la sainte charité ? »
« Oui, vraiment, mon oncle, mais je suis très affaibli ;
815 Ce n'est pas étonnant, car mon cœur est percé. »
« Mon neveu, dit Guillaume, dis-moi en vérité
Si tu as mangé du pain bénit
Consacré par un prêtre, ce dimanche ? »
Vivien répond : « Je n'y ai pas goûté ;
820 À présent je sais bien que Dieu m'a visité,
        Puisque vous êtes à mon chevet[1]. »

28

Guillaume porta sa main à son aumônière,
D'où il tira du pain bénit
Consacré sur l'autel de saint Germain.
825 Alors Guillaume lui dit : « Je te l'assure bien,
Tu vas tout de suite confesser tes péchés.
Je suis ton oncle, l'être le plus proche de toi
Excepté Dieu, le vrai souverain ;

---

1. Cette longue scène de regrets est composée, avec des décalages progressifs très subtils, selon une technique intermédiaire entre celle des laisses similaires et ce que J. Rychner (*La Chanson de geste, essai sur l'art épique des jongleurs*, Genève, Droz, 1955, p. 71 *sqq*) dénomme « progression en oblique » ou « en escalier ».

En son nom, je serai ton chapelain,
830 À ce baptême je veux être ton parrain :
Je serai plus qu'un oncle ou un cousin germain. »
Vivien répond : « Seigneur, je désire ardemment
Que vous teniez ma tête contre votre poitrine,
Et que, en l'honneur de Dieu, vous me donniez de ce pain :
835 Ensuite je mourrai ici même aussitôt.
Dépêchez-vous, mon oncle, mon cœur va défaillir ! »
« Hélas ! répond Guillaume, quelle douloureuse requête !
De mon lignage, j'ai perdu tout le bon grain ;
Il ne reste désormais que la paille et la balle,
840   Car les barons sont morts. »

29

Guillaume ne pouvait s'arrêter de pleurer.
Il inclina Vivien sur sa poitrine,
Et le prit par le cou avec une grande tendresse.
Alors le jeune homme commença sa confession ;
845 Il lui avoua, sans la moindre omission,
Tout ce qui pouvait lui revenir en mémoire.
Vivien dit : « Ceci m'a beaucoup troublé :
Le premier jour où j'ai porté mes armes,
J'ai fait serment à Dieu, en présence de mes pairs,
850 Que ni Turc ni Slave ne me pousserait à fuir,
Qu'on ne me verrait pas reculer dans un combat
De la longueur d'une lance (je l'avais estimé ainsi),
Qu'on doive me trouver mort ou vif.
Mais aujourd'hui des ennemis m'ont fait reculer
855 D'une distance que je ne peux évaluer.
Je crains bien qu'ils ne m'aient fait transgresser mon vœu. »
« Mon neveu, dit Guillaume, vous n'avez rien à craindre. »
Sur ces mots, il lui donne le pain à manger,
Pour qu'il l'avale pour la gloire de Dieu.
860 Puis Vivien bat sa coulpe et cesse de parler,
Demandant seulement de saluer Guibourc.
Sa vue se trouble, il commence à pâlir.
Il se met à regarder le noble comte,

Car il voulait lui faire un signe de tête :
865 Son âme s'en va, elle ne peut demeurer.
Dieu le fit recevoir au paradis,
Et y entrer pour vivre avec ses anges.
Devant sa mort, Guillaume se met à pleurer.

TABLE

IMPRIMÉ EN FRANCE PAR BRODARD ET TAUPIN
Usine de La Flèche (Sarthe).
LIBRAIRIE GÉNÉRALE FRANÇAISE - 43, quai de Grenelle - 75015 Paris.

ISBN : 2 - 253 - 13992 - 0   ✥ 31/3992/0